Der meuchelnde Geisterrabe

Eine Kriminal Geschichte aus düsterem Mittelalter

von Roman Schmidt

,

Die vorliegende Geschichte ist frei erfunden.
Ähnlichkeiten mit lebenden oder toten Personen sind nicht gewollt und wären somit rein zufällig.

Roman Schmidt

Vorwort

Je mehr ich mich mit dem Mittelalter und damit auch mit meinen, mir bekannten Vorfahren (bis ca. Anno 1580) befasse, eigene negative und positive Lebenserfahrungen überdenke, die ich in sechseinhalb Jahrzehnten sammelte, umso mehr verdichtet sich bei mir die Erkenntnis, dass es im Leben immer nur und ausschließlich um eins gegangen ist und geht: GELD. Damit automatisch verbunden: MISSGUNST, HABGIER; MACHT, WILLKÜR, NEID UND VERACHTUNG.

Ich kenne die Sprüche und habe sie in einem anderen Buch schon einmal ähnlich erwähnt: Stillstand ist Rückschritt! Dahinter versteckt sich immer die Sucht nach noch mehr. ... Man will weiterkommen. Wer stehenbleibt, egal ob im Beruf oder Privatleben, der gilt als Verlierer. Oder sollte ich mich anpassen und wie die meisten Jugendlichen, unsere erlernte Sprache verleugnen und „Loser" sagen? Ich verachte dieses dumme Geschwätz, denn eine innere Ausgeglichenheit wird man mit solchem Denken nicht erreichen. Man ist gezwungen, noch schneller, noch besser und effektiver zu werden um immer weiter voran zu kommen. Kommt man wirklich weiter? Und wenn, wohin? Man sollte aus den gemachten Erfahrungen lernen und versuchen, es besser zu machen. (Was einigen hochgestellten Persönlichkeiten aus Wirtschaft, Militär und Politik anscheinend nicht immer gelingt!) Wie sonst erklärt sich, dass jährlich bekannt wird, welche ungeheuren Summen an Steuern sinnlos verschleudert werden. Dass es immer noch Vernichtungskriege gibt, Sklaverei, Unterdrückung.

Gehen wir in der Geschichte zurück. Im Alten Testament wird vom Tanz um das goldene Kalb berichtet, als Moses auf dem Berg Sinai die 10 Gebote von Gott erhielt. Daraus ergibt sich die erste Frage: Was, bitte schön beten wir denn heute an? Wer ist mit seinem Leben rundum zufrieden?

Manch Reicher, der alles hat, ist es nicht, denn er strebt immer noch nach der Vermehrung seiner angesammelten Güter und wird nicht selten sogar darüber krank. Er wird seinen unglaublichen Durst nach noch mehr nicht mehr stillen können. Vom späteren Drama um das Erbe ganz zu schweigen!!

Die Hast nach Profit hat uns die letzte Finanzkrise beschert! Solange wir alle nach Markenartikeln gieren, bereit sind einen hohen Preis dafür zu zahlen, solange wird sich nichts ändern. In Kindergärten (deutsch = Kitas) und später in den Schulen werden die Kinder (Kids) schon immer gehänselt, wenn sie keine sogenannten Markenartikel tragen.

„Keine drei Streifen auf dem Turnschuh? Was ist das denn? Wenigstens Sportsachen mit dem Namen einer griechischen Göttin! (Nike) Wie, auch das nicht?"

Das ist im Vereinigten Königreich extra durch eine einheitliche Schuluniform ausgeschlossen.

Schlimm empfinde ich den wahnsinnigen Wettlauf um das neuste „Silberklötzchen" (Handy), aus seltenen Rohstoffen hergestellte, universelle Sender, mit denen man telefonieren, fotografieren, Nachrichten versenden, filmen und ich weiß nicht was noch alles macht. (Womöglich ausspionieren?)

Benötigen wir in Zukunft noch Schulen? Alles können doch diese Wunderteile in Bruchteilen von Sekunden beantworten, solange der Akku hält. Man benötigt dazu nur einen schnellen Zeigefinger. Der Absatz dieser Geräte ist garantiert, denn jedes Jahr kommen bessere, schnellere Klötzchen auf den Markt. (Und wer will schon als „Loser" gelten). So hat jedes Zeitalter negative und positive Aspekte. Hier schildere ich eine Epoche, in der es noch mehr als heute nach dem Stand und der Herkunft der Menschen ging. Die weit auseinanderklaffenden Stände des Adels, des Klerus und der Leibeigenen waren erheblich und verdeutlichen die unterschiedlichen Sichtweisen auf das Leben, das diesen Menschen widerfuhr. **Roman Schmidt**

Ruaraidh, der Gaelic

„Jetzt bist du erwachsen!"

Mit diesen Worten hatte sein Vater ihm soeben feierlich einen Dolch gegeben, den der Kleine mit großen Augen betrachtete. Es war schon seit drei Jahren sein größter Wunsch gewesen, eine solche Waffe endlich sein eigen nennen zu dürfen.

„Jetzt bin ich ein Laird!" rief er und stürmte aus der Hütte, die ebenerdig mit Bruchsteinen mannshoch aufgeschichtet, im Moor der schottischen Highlands lag.

Die Mutter stand am offenen Feuer, mittig in dem einzigen Raum, der für Mensch und Vieh eine dürftige Unterkunft bot.

„Ist das nicht zu früh, ihn als erwachsen zu bezeichnen?" Eachann schüttelte den Kopf: „Weib, wie oft haben wir das beredet! Er hat acht Winter überstanden! Drei kleine Seelen haben diese ersten Lebensjahre nicht erreicht. Wäre er ein Findelkind im Stift, so würde er von den Monks nun auf sich gestellt in die Highlands geschickt. Er bleibt ja noch bei uns, reg dich also nicht weiter darüber auf. Je früher er lernt damit umzugehen, umso länger wird er in dieser Welt bestehen können. Kein Wort mehr, meine Entscheidung steht!"

Vater hatte ihm schon seit mehreren Monden oft sein eigenes Messer geliehen, wenn es darum ging, Rüben zu schneiden oder aus trockenen Ästen dünne Kienspäne zu schnitzen.

Er konnte damit umgehen, ohne seine Haut zu öffnen und den Lebenssaft unnütz zu vergießen. Catriona rührte in dem Kessel, der an einer Kette über dem Torffeuer hing, als die Brettertür aufflog und der kleine Ruaraidh wieder hereinstürmte. Er blieb abwartend unter der offenen Tür stehen. Die Eltern konnten nur seinen Schatten sehen, da er sich gegen das helle Sonnenlicht draußen abzeichnete: „Aye? Das ist doch eine gute Idee, oder?"

Eachann ging zu dem Kleinen und warf hinter ihm die Tür zu. Jetzt erkannten sie auch, warum er so stolz gefragt hatte.

Er hatte den Dolch mit einem Lappen umwickelt an seiner linken Hüfte in den Bund seines, mehrfach um die Hüften gewickelten Rocks gesteckt. Diese dicke, zweckmäßig aus Schafswolle gewebte Stoffbahn, die „feileadh-beag", diente als wind,- und wasserdichte Zudecke und Beinkleid in einem. Wieder klopfte er stolz auf sein neues Geschenk: „Zum Schutz, damit er mir nicht verloren geht oder den beag zerschneidet, wenn ich ihn so trage!" Eachann lächelte stolz: „Siehst du, Catriona, er hat sich Gedanken gemacht, wie er die scharfe Klinge bei sich tragen kann, ohne Schaden daran zu nehmen." Der Vater legte den Arm um die kleinen Schultern und geleitete den stolzen Spross zu seiner Schlafstatt, die am hinteren Ende des ebenerdigen Hauses direkt neben dem Tiergatter stand. „Aye, ein Schutz aus Kaninchenfell wird noch haltbarer sein!" murmelte er und kramte in der Ecke im Weidenkorb.

Plötzlich wurde die Tür aufgestoßen und fünf bewaffnete Männer mit roten Uniformjacken sprangen herein.

„Weib! Rühr dich nicht!" rief Eachann, der sah, wie seine Frau zur Anrichte griff, um einen Eisentopf vom Haken zu nehmen. Die gezogenen Degen verhießen nichts Gutes. „Kriech unter die Schlafstatt, schnell!" flüsterte er seinem Sohn zu und schob ihn mit einem Fußtritt unsanft in den schmalen Durchlass.

Es passierte oft, dass die Sasunnach, wie die verhassten Soldaten aus dem Süden genannt wurden, plündernd durchs Land zogen, aber was wollten sie hier oben in der Einsamkeit? Es gab bei ihnen nichts Wertvolles, außer dem Vieh, das draußen im Gatter stand. Eachann ging auf die Männer zu, wollte sie besänftigen, mit ihnen reden und da er ihre Sprache nicht konnte, deutete er auf die Feuerstelle, wo ein großer Kessel mit einer Kräutersuppe garte. Sie schauten in diese Richtung, lächelten und gingen auf sein Weib zu. Hatten sie die Situation völlig falsch verstanden, oder war es von Anfang an ihr Plan gewesen, sich des Weibes zu bemächtigen?

Als der Crofter die Situation erkannte, stellte er sich ihnen in den Weg und führte mehrfach seine Hand an den Mund.

Er wollte ihnen damit zeigen, dass sein Weib etwas Essbares zu sieden gedachte. Da traf ihn von hinten unvermittelt der Knauf eines Degens hart am Kopf, er taumelte, prallte unsanft gegen einen Stützbalken und blieb dann bewegungslos liegen.

Nun fielen sie auch schon über sein Weib her und er musste, halb bewusstlos und ohnmächtig vor Wut mit ansehen, wie sie seine wehrlose Frau bäuchlings auf den Tisch warfen und festhielten, während schon der erste seinem Trieb folgte.

Mit letzter Kraft bäumte sich Eachann noch einmal auf und dachte dabei wütend an seinen Sohn, der mit aufgerissenen Augen unter der Bettstall lag und das alles mit ansehen musste.

Er schlug mit letzter Kraft seine Faust gegen die Hüfte des Soldaten, der mit heruntergelassenen Beinlingen sein Weib schändete. Der verhasste Sasunnach drehte sich und trat ihm mit dem Stiefel ins Gesicht. Gleichzeitig verspürte er einen stechenden Schmerz. Ein weiterer Rot Rock hatte ihm die Klinge seines Degens so fest in den Rücken gestoßen, dass die Spitze vorn aus seiner Brust wieder herausdrang. Bilder seiner Kindheit rasten an ihm vorbei, er sah seinen Vater, seine Mutter, die ihn anlächelte und dann wurde der schwarze Vorhang des ewigen Vergessens über ihm ausgebreitet.

Eachann, der Crofter war tot. Gemeuchelt von den ewigen Besatzern, die sich immer wieder als Herren ihres Gaelischen Nordreiches aufspielten. Sein geschändetes Weib musste auch die anderen Männer machtlos ertragen, bevor sie vom Tisch geworfen und ebenfalls mit den Degen zerstochen wurde.

Blut quoll aus ihrem Mund, als sie auf dem Boden liegend noch ein letztes Mal zu ihrem Sohn schaute. Ruaraidh meinte, ein ängstliches Kopfschütteln wahrgenommen zu haben, als ihr Augenlicht brach und die Seele auch ihren Körper verließ.

Der kleine Rotschopf war plötzlich zum Waisen geworden.

Seine Eltern wurden nicht ohne Gegenwehr gemeuchelt und würden mit Sicherheit von den Walküren abgeholt, um in Walhalla neben den Helden der Ahnen zu sitzen. So hatte es zumindest sein Großvater immer gesagt. Ein Nordmann, der mit einer Horde junger Krieger in einem Lang Boot gekommen war, aber dann doch ohne Blutvergießen bei den Scoten ein Weib gefunden hatte und hier in den Highlands geblieben war. Ruaraidh, den sie immer nur Ruadh gerufen hatten, rutschte zurück und klemmte sich in die hinterste Ecke seines engen Schutzes, während nun ein Tumult und Gewühl, begleitet von fremdartigen Wortfetzen der Soldaten einsetzte. Hoffentlich würden diese Mörder nicht die Nacht hier verbringen, denn er konnte nicht mehr lange in dieser Enge ausharren.

Vor kurzer Zeit noch waren sich alle sicher gewesen, dass die Fremden hier nur Schutz vor der Dunkelheit gesucht hatten. Welch fatale Fehleinschätzung. Sein Versteck hätte er beinahe schon verlassen, als dann plötzlich dieses Massaker einsetzte. Sein kindliches Denkvermögen konnte nicht die endgültige Konsequenz verstehen, die da wie Donars Gewitter über die Familie hereingebrochen war. Lange währte der Überfall nicht, denn die Sasunnach hatten offensichtlich bekommen, was sie wollen. Sie ließen die Brettertür achtlos offen, das Scharmützel war vorbei und eine gespenstige Stille setzte ein. Ruadh traute sich dennoch nicht, sein geborgenes Nest zu verlassen.

Dieser Überfall lastete schwer auf seiner kindlichen Seele.

Er zitterte, obwohl er nicht fror und empfand weder Hunger, noch Müdigkeit oder Durst. Seine Augen starrten ungläubig auf die toten, dampfenden Körper seiner Eltern, denn diese Barbaren hatten sie in die mittige Feuerstelle unter den siedenden Kochkessel gelegt und die gierigen Flammen leckten an ihren zerfetzten Kleidern und den nackten Gliedmaßen.

Erst als zusätzlich ein lautes Knistern zu vernehmen war und helle, dichte Rauchschwaden zu ihm unter das Bett krochen, war er gezwungen, sein Gesicht in die Armbeuge zu drücken. Er rollte sich aus der Deckung und stand plötzlich mitten in der qualmenden Hütte. Vom bereits lichterloh brennenden Dach fielen zuerst vereinzelt, dann immer heftiger, glühende Funken und Äste herunter. Lange konnte er so nicht mehr hier stehenbleiben, aber seine Angst lähmte ihn immer noch.

Keine Träne kam aus seinen Augen, kein Laut über seine Lippen, als die tosende Feuersbrunst sich immer tiefer in das trockene Strohdach fraß und die gelb-roten Flammen an den Stützbalken hinauf tänzelten.

Erst als er den geöffneten, hinteren Verschlag sah, durch den wohl das Vieh herausgetrieben worden war und nun durch die windige Frischluft die tragenden Balken und Stämme noch intensiver von den züngelnden Flammen erfasst wurden, gab er sich endlich einen Ruck. Er rannte durch das offene Tor, rutschte aus und fiel in den nassen Schlamm, den der Regen hier hinterlassen hatte. Die Kühle, die ihn nun umfing tat seiner angeflämmten Kleidung und der geröteten Haut gut. Er raffte sich auf und lief zu der kleinen Hütte, die etwas abseits hinter dem Gatter stand.

Sie hatte kein Feuer gefangen, denn der Wind blies die lodernden Flammen in die entgegengesetzte Richtung. Im Schuppen lagen alte Werkzeuge, sowie getrocknete Torfsohlen und Hanfsäcke, auf die er sich legte und erschöpft einschlief. Es dunkelte bereits, als er wach wurde und sich erst einmal zurecht finden musste. Die Feuersbrunst hatte sich ausgetobt, nur noch schwarz-gelber Qualm schlängelte sich empor zum Sitz der Götter. Wodans Sohn, Donar musste doch diesen Frevel mitbekommen haben, denn der Rauch hatte seinen Tempel in den Wolken schon lange erreicht. Die Rot Röcke von denen Vater manchmal abends am Feuer erzählt hatte, waren also kein Hirngespinst. Wie die Heuschrecken waren sie über das Land hergefallen und hatten ganze Arbeit geleistet.

Er hatte kein Heim mehr und das Vieh war weg. Nun war es wohl nur noch eine Frage von Tagen, wann ihn Wölfe, Hunger oder das quälende Fieber von seinen Qualen erlösen würden. Seine Eltern waren einem sinnlosen Flammentod erlegen und das sollte ihm nicht passieren. Wenn schon nicht zu verhindern, so musste er mit einer Waffe in den Händen im Kampf sterben. Dann würde auch er zu den Helden gerufen und in Walhalla wieder neben ihnen sitzen. Er durfte den Dolch nicht verlieren, denn der war seine letzte Hoffnung. In der Hütte verbrachte er den Rest der Nacht, bis Sunnas Wagen hinter dem Wald aufsteigen und seine helle Bahn über das Himmelsgewölbe beginnen würde.

Er fand keinen erholsamen Schlaf. Immer wieder wurde im Traum die Tür aufgerissen und er sah die Männer in ihren roten Röcken, die sich wie wilde Tiere meuchelnd über seine Eltern hergemacht hatten. Eachann, sein Vater war ehemals in dieser Gegend sehr beliebt gewesen, denn als Druide kannte er so manches Heilmittel und stärkenden Trunk, der Kraft, Ausdauer und Sehstärke verlieh. Alles war verbrannt und vernichtet, bis auf die Erinnerungen, die in seinem Hirn gespeichert waren. Als er nach dieser zermürbenden Nacht aufwachte und gewahr wurde, dass er das alles nicht geträumt hatte, sah die Gegend noch trauriger aus. Hoffnungslos, verwüstet, menschenleer. Draußen hatte es aufgehört zu regnen und ein Blick über die weiten Felder zeigte ihm, dass überall kleine Rauchsäulen in den Himmel stiegen. Die Sasunnach, es mussten ihrer viele gewesen sein, hatten ganze Arbeit geleistet.

Hinter der Hütte graste eine fremde Ziege mit abgerissenem Strick um den Hals. Ihr Euter war prall gefüllt, aber es waren keine kleine Zicken zu sehen. Mutig ging er auf sie zu. „Komm, ich werd dir nichts tun, komm. . . " er packte sie bei den Hörnern und zog sie zurück in die Hütte.

„Nur ein Schluck Milch, ich werd dich nicht schlachten."

So redete er mit der Ziege, als wolle er damit die Einsamkeit überspielen, die er immer noch nicht richtig realisiert hatte.

Er band beide Hinterbeine des Tieres eng zusammen, damit sie weder treten, noch davonlaufen konnte. Schnell nahm er einen Holzeimer, spülte ihn in der Regentonne aus und klemmte ihn zwischen seine Beine, während er hockend das pralle Euter massierte. Dann streifte er geschickt zuerst mit Daumen und Zeigefinger, dann mit der ganzen Hand die Zitzen und mit einem kräftigen Strahl schoss die weiße Milch auf den Boden. So hatte es ihm sein Vater nicht beigebracht, aber nach mehreren Versuchen, er hatte seine Haltung korrigiert, traf er endlich in den Behälter, dessen Boden bald mit dem kostbaren Saft bedeckt war. Nachdem er auch die zweite Zitze gemolken hatte, band er das Tier los und trank so gierig, dass ihm ein Teil der noch warmen Milch über sein Wams lief.

Er wischte sich mit dem Ärmel seines Kittels den Mund ab, überlegte einen Augenblick und entschied sich dann sofort dafür, das Tier zu behalten. Sie würde ihn nun begleiten.

„Nur weg von hier!" murmelte er, denn plötzlich wurde er von einer drohenden Angst befallen. „Was, wenn diese wilden Männer noch einmal zurückkommen?" Er alleine hier in dieser Verwüstung, die einmal sein trautes Heim gewesen war.

Er musste eine Reise machen. Die erste, die er alleine unternehmen würde, in eine fremde, ungewisse Welt. Eine friedliche Zukunft konnte er hier nicht mehr finden. So alleine und hilflos, wie er sich fühlte, konnte es nur besser werden.

Was blieb ihm anderes übrig? Hier durfte er nicht bleiben.

Er kramte alle Dinge zusammen, die er mitnehmen wollte und legte sie in der Hütte nebeneinander auf den Boden. Handlich und nicht allzu schwer sollte seine Last werden, wenn er nicht das meiste davon unterwegs als Bürde ansehen müsste. „Brauch ich das wirklich? Ist das wichtig." So sortierte er nach Gutdünken aus, was ihm wichtig und was unnütz schien.

Dann band er einen Riemen um Hals und Bauch seines vierbeinigen Begleiters und legte ihm einen Strick um, damit er das Tier führen konnte. Dann nahm er ein gewebtes Tuch, das zwar mehrere Löcher hatte, aber nun für seine Dienste herhalten musste und legte seine gesammelten Sachen hinein, verknotete die Enden und band das Bündel auf dem Rücken der Ziege fest. Der abgebrochene Stiel einer Harke diente ihm als Stecken und mit seinem umwickelten Messer im Bund seines Rockes, die Ziege an der Leine führend, schaute er ein letztes Mal auf die verkohlten Reste seines Elternhauses.

Er konnte seine Traurigkeit nicht mehr zurückhalten, so völlig alleine und auf sich gestellt. In einer Welt, die sich verändert hatte und neue Herausforderungen von ihm verlangten. Was kümmerten ihn jetzt die Worte, die ihm sein Vater gesagt hatte: „Ein Mann zeigt keine Schwäche!" Ein Dolch hatte er ihm geschenkt mit den Worten: Jetzt bist du erwachsen. Stolz war er gewesen und glücklich … doch wie schnell war sein Glücksgefühl geschwunden und hatte sich in pures Entsetzen gewandelt. Natürlich wollte er groß werden, und stark wie sein Vater, aber nicht so! Und vor allen Dingen nicht so schnell.

Nach einer Weile ging sein Grübeln und Wehklagen in ein stockendes Schluchzen über.

„Ich weiß, was du jetzt denkst, Vater. Aber es schmerzt so sehr, als würde es meine Brust zerreißen."

Er trocknete die Tränen, atmete tief durch und marschierte los, dorthin, wo der Ritt der Sunna übers Firmament begann. Nach Morgen, so hatte es ihm der Vater immer gesagt, würde die große Stadt am Wasser liegen, die er noch nie zuvor gesehen hatte, aber deren Name er kannte:

Edynburgh

Als er von dem kleinen Pfad auf einen steinigen Weg kam, der in die Richtung seines Zieles führte, kamen drei Ochsenkarren beladen mit mehreren Frauen, Kindern und etlichem Gepäck aus dem hügeligen Umland, die den gleichen Weg hatten. Dahinter zogen ihre begleitenden Männer Hochlandrinder an Stricken, die an den langen Hörnern befestigt waren.

Alle trugen ihre karierten Röcke, deren Enden über der linken Schulter verknotet waren. Dem Kleinen fiel sofort auf, dass sie unterschiedliche Muster hatten. Es waren wohl verschiedene Clanmitglieder zusammen unterwegs.

„Willst du mit uns ziehen?" fragte ein alter Mann, der das erste Gespann führte. Ruaraidh nickte sofort. „Bind dein Tier an den Wagen und komm zu mir auf den Bock, da reist es sich leichter, denn deine Füße sind noch sehr klein."

Die anderen schienen davon völlig unbeteiligt, denn sie gingen mit gesengtem Kopf weiter, als wäre nichts geschehen.

Der Kleine tat, was man ihm gesagt hatte und sprang zu dem Alten, ohne dass der Treck anhielt. „Wie ruft man dich, Gille?" „Ruaraidh", antwortete er und zeigte auf seine Haare: „wohl deshalb, nehme ich an. Ruaraidh Mac Eachann."

Der Alte nickte, „Hamish, . . . bist du alleine unterwegs?" Bevor Ruadh antworten konnte, zog er die Augenbrauen hoch und ergänzte: „Geflohen, wie?" „Aye. Soldaten haben uns alles genommen." „Uns?" „Meine Eltern sind in Walhalla aber mich werden sie nicht bekommen, mich nicht!" Der Alte schaute ihm ernst in die Augen: „Bist du Germane?" „Warum?" „Na, redest von Walhalla und betest wohl auch die nordischen Götter an?" „Ich verstehe davon nichts. Mein Vater hat mich das gelehrt. Meine Mutter ist von hier, " er verbesserte sich: „war von hier." „Du musst vergessen, auch wenn es dir schwer fällt. Wenn du dich renitent zeigst, wirst du den nächsten Winter nicht erleben. Der Kleine schaute zurück auf die anderen Begleiter, die eher apathisch denn glücklich vor sich hin schauten.

Hamish bemerkte sein fragendes Gesicht: „Ja, das ist der traurige Rest. Auch wir mussten vor den Sasunnach fliehen. Dabei hatten wir geglaubt, dass nun endlich Friede einkehren würde, aber sie wollen einfach nicht anerkennen, dass sie bei Bannockburn vernichtend geschlagen wurden. Das scheinen versprengte Truppen zu sein, die durchs Land wüten. Wie auch immer, wir wollen nach Edynburgh und dann die Küste hoch in die Highlands. Da, so hört man, sollen keine Roten Röcke mehr gesehen worden sein." Ruaraidh nickte, hatte aber nicht verstanden, was ihm da Hamish erzählte.

„Willst du mit uns in die Highlands?" „Eher nicht. Mich hält hier nichts mehr. Ich versuche im Land meines Vaters eine neue Bleibe zu finden. Bei den Friesen oder den Cheruskern."

„Bist du ein kelpie? Oder kannst du zumindest schwimmen wie ein haddock? Wenn du aufs Festland willst, so musst du über das Wasser der Germanen. Das ist kein Loch Ness oder Loch Lomond. Das ist ein weites Meer. Ohne Barke wirst du nicht übersetzen können und nur gegen harte Fron mitgenommen. Da wünsch ich dir viel Glück." Was faselte er da? Vater war doch auch von dort gekommen. Vielleicht gab es ja einen Steg oder eine Brücke dorthin und Hamish hatte noch nicht davon erfahren. Er würde es auf jeden Fall schaffen.

Gut, dass er da noch nicht wusste, was noch auf ihn zukommen würde, sonst wäre er nicht so schnell zur Ruhe gekommen. Seine Augen wurden schwer und auf Anraten des Alten, ließ er sich auf der Ladefläche zwischen gestapelten Körben, Decken und Fellen nieder und das gleichmäßige Schaukeln der Ochsenkarre wiegte ihn in den Schlaf. Endlich konnte er sich entspannen, denn er traute dem stämmigen Alten, der ein „sgian dubh", den zweischneidigen Dolch im Strumpf trug.

Am Mittag des dritten Tages musste sich Ruaraidh entscheiden. Der Treck hatte angehalten, denn hier gabelte sich der breite befestigte Weg. Rechts von ihnen lag ein breiter Meeresarm und auf der gegenüberliegenden Seite sah man in einer viertel Meile die Dunstglocke einer großen Stadt. Ein Weg führte weiter unmittelbar am Wasser entlang, der andere durch kleine Wäldchen in den Norden. Hamish klopfte ihm auf die Schulter: „Du wirst besser hier unten eine Fähre finden, die dich nach Edynburgh übersetzt, denn hier ist der „Forthna flu" noch nicht so breit. Drüben musst du dann den Hafen suchen und am besten fragst du nach einem Vitalienschiff. Die treiben mit uns Handel und fahren fast einmal pro Mond zum Festland." Hamish zeigte auf ein Wegeschild: „Wir werden diese Strecke nehmen. Sie führt über Glammes nach Brechin und dann in die Ausläufer im Morgen der Grampians. Dort ist unser Ziel." Ruaraidh drückte den Alten, den er lieb gewonnen und der ihm wertvolle Ratschläge gegeben hatte. Er verabschiedete sich auch von den anderen, obwohl er mit ihnen kaum geredet hatte. Als er die Ziege losband, warf ihm Hamish ein Stoffbündel zu: „Wirst du gebrauchen, Rotschopf!" Dann löste er die Bremsen und mit gemächlichen Schritten stampften die Ochsen den Weg entlang, bis die Karren hinter den Büschen verschwanden. Wieder war es ein trauriger Abschied, doch er musste nach vorne schauen, denn sein Weg war noch lange nicht zu Ende.

In dem verschnürten Bündel des Ochsenlenkers befand sich ein Laib Brot, gedörrter Fisch und ein paar Äpfel. Der Fußmarsch zum Wasser herunter war nicht sehr beschwerlich und bald hatte er einen alten Bootsmann gefunden, der sich anschickte herüber zu rudern. „Nehmt Ihr mich und meine Ziege mit?" Der Mann hielt inne und schaute den Kleinen verwundert an: „Wohin willst du?" „Aye, fürs erste in den großen Hafen, von da aus über das Wasser der Germanen."

Der Mann musste so herzhaft lachen, dass sein Boot schwankte und er drohte, dabei ins Wasser zu fallen.

„Drap deid! Du traust dich was. Steig ein. Du hast Glück, ich muss drüben ein paar Freunde vom Schiff abholen."

„Was verlangt Ihr dafür?" Der Alte setzte sich auf die kleine Bank, nahm die Ruderblätter und zog mit kräftigen Schlägen das Boot durch die See. „Ich will nichts haben. Bei deiner Reise will ich nicht daran Schuld haben, wenn du dein Ziel verfehlst. Ich mach es für mein ruhiges Gewissen, " sagte es und ruderte weiter. Nach einer halben Stunde kamen sie auf der anderen Seite der Bucht an. Hier lagen Schiffe, die so hoch aus dem Wasser ragten, dass ihn Angst beschlich.

„Schau nur, an Bord einer solchen Kogge sollte es dir gelingen, das Festland zu erreichen." Zielsicher steuerte er die befestigte Ufermauer zwischen zwei Kähnen an, band sein Boot fest und half ihm und dem Tier beim Aussteigen. „Ich frag mich, ob du die Ziege mitnehmen kannst." Sie gingen gemeinsam die gepflasterte Ufergasse hoch und nach ein paar Minuten kamen zwei Männer auf sie zu. Der Alte begrüßte sie und erzählte ihnen vom Vorhaben seines kleinen Gastes.

Zur Verwunderung von Ruaraidh lachten sie ihn nicht aus, wie es der Alte zuvor getan hatte, sondern bückten sich zu ihm: „Aufs Festland willst du?" Der kleine Rotschopf nickte: „Am besten mit einem Vitalien Schiff, hat Hamish mir geraten." „Der Kleine gefällt mir. Hast du einen Augenblick, Dughall? Wir helfen ihm, das richtige Schiff zu finden."

Dann verzog einer, der Männer sein Gesicht: „Ich würde dir raten, die Ziege als Zahlung für deine Überfahrt herzugeben. Wenn ich deine Arme sehe, kann ich mir nicht vorstellen, dass du bei den dicken Tauen und schweren Segeln deine Fahrt damit abarbeiten könntest." Die freundlichen Männer behielten Recht. Sie fanden für ihn eine Kogge der Danmark Vitalis, die ihn am nächsten Tag für die Ziege mitnahm. Die Überfahrt war grausam. Er hatte nichts gegessen und übergab sich dennoch fortwährend. Sein Gesicht hatte wohl alle Farben angenommen und ein Matrose bemerkte seinen traurigen Zustand. Er gab ihm Zwieback und Tee, nahm ihn mit unter Deck und gebot ihm, in der Schiffsmitte auf den Kisten sitzen zu bleiben und immer geradeaus auf einen Punkt zu schauen. „Tief und ruhig durchatmen, du schaffst das." Er lächelte, denn dieses Gefühl überkamen viele Seeleute, auch solche, die das natürlich nie laut zugeben würden.

Am nächsten Morgen hatte sich das Meer beruhigt und an Deck wehte ihm ein kühler Wind entgegen. Der Matrose, der ihm gestern geholfen hatte, erkannte ihn wieder und kam auf ihn zu: „Bist du der Kleine, der uns seine Überfahrt mit dem köstlichen Braten beschert hat?" Ruaraidh musste tief Luft holen, damit ihn bei dieser Hiobsbotschaft nicht wieder schlecht wurde. Er nickte kurz und dann wurde er gefragt: „Hast du schon etwas zu dir genommen?" Jetzt musste er den Kopf schüttelt, denn sein Proviant war aufgebraucht. „Komm", sagte sein Begleiter. „Der Koch wird was für dich haben." Nachdem er gespeist hatte, vertrieb er sich die Wartezeit damit, den Männern bei ihrer Arbeit zuzuschauen. Sein Vater hatte ihn die Sprache vom Festland gelehrt. Als er selber damals den Norden der Insel betrat und dort versuchte ansässig wurde, hatte es lange gedauert, bis sich Hector, wie er genannt wurde, in Alba verständigen konnte. Bei dem Rotschopf war das einfacher, da er als Kind zweisprachig aufwuchs, konnte er sich sofort mit Matrosen aus den niederen Landen unterhalten.

Sie hatten die Küste an der Steuerbordseite verlassen und waren auf hoher See. Am Mittag des vierten Tages konnte man im Dunst das ersehnte Land erahnen und nach weiteren zwei Stunden sah man endlich die Silhouette einer großen Stadt.

Es dauerte bis zum Morgen, bevor sie im Hafen anlegten.

Bei dem geschäftigen Treiben beachtete man den Kleinen nicht mehr. Er mischte sich unter die Matrosen, die beim Ausladen Kisten, Säcke und allerlei Gegenstände über die Planken balancierten, die zum schwankenden Schiff von der Kaimauer aus mit Stricken gesichert, gelegt worden waren.

Da stand er nun, alleine zwischen den wartenden Fuhrwerken, herumlaufenden Menschen und Seeleuten, die so schnell als möglich ein Schankhaus suchten, um sich entweder gewürztes Bier oder Branntwein in die trockenen Kehlen laufen zu lassen, oder sich mit einer der vielen Hübschlerinnen, die hier auf und abgingen, die Zeit bis zum nächsten Auslaufen zu verkürzen.

Er wusste nun auch nicht, wie er den weiteren Weg, wo auch immer hin, finden sollte und sprach ein altes Weib an, das eine seltsame Haube auf dem Kopf trug. Sie hörte ihn reden, aber verstand kein einziges Wort von dem, was der Kleine von ihr wollte. Zu seinem Glück drehte sich gerade in diesem Moment ein Mann in edles Gewand gehüllt, zu ihm um. Der Kaufmann hatte die fremden Worte des Gaelic wohl vernommen, denn er überlegte nur einen Augenblick und sprach dann: „Aye, du bist hier in Danmark und wolltest nach Flandern? Wie kann man sich denn so verlaufen?" Ruadh verstand seine Worte dem Laut nach, aber nicht dessen Sinn „Man hat mir doch geraten, ein Schiff der Vitalis zu nehmen und das habe ich gemacht."

„Ja, das war auch richtig, Vitalis Danmark. Aber keine Barke fährt zurzeit nach Gallien oder in die Nähe davon, wenn sie aus Britannia kommt. Du weißt wohl nicht, dass Gallien und Britannia nun schon seit zehn Wintern in Fehde liegen?"

Resigniert senkte er den Kopf. Was nun? Jetzt war er in einem Land gestrandet, dessen Sprache er nicht kannte und wo er auch nicht hatte hingewollt. Was kümmerte ihn da eine Fehde?

Da wurde er auf ein paar Gaukler aufmerksam, die auf einem freien Platz mit kleinen Lederbällen jonglierten und andere, die mit einer Stange über ein stramm gespanntes Seil balancierten. Fasziniert stand er mit offenem Mund da, denn so etwas hatte er noch nie zuvor gesehen. Er bedankte sich bei dem Mann und ging auf die bunte, lustige Truppe zu. Ein junges Weib mit langem Rock und fast ebenso langem Haar kam tanzend auf ihn zu, schlug eine Rassel und hielt sie ihm entgegen.

Dabei sprach sie dasselbe unverständliche Wortgewirr und resigniert legte er sein Gesicht in die Armbeuge, um seine Tränen zu verbergen. „Ich bin aus Alba und versteh dich nicht", schluchzte er in seiner Sprache. Das Weib schaute verdutzt, überlegte kurz und antwortete gebrochen: „Van de Isle Alba?" Verschüchtert senkte er den Kopf und drehte sich wortlos um. Das würde ein schwieriges Unterfangen, hier in der Fremde eine Bleibe und Arbeit für ihn zu finden. „Was ist mit ihm? Reist er alleine?" Ein dunkelhäutiger Mann stand plötzlich neben dem Weib und schaute zu ihm herüber: „Wohin willst du?" fragte ihn der Farbige und Ruaraidh hob seine Schultern, denn auch ihn verstand er nicht. „Er kommt aus Alba und scheint alleine zu sein. Ist Eilidh nicht auch von dort? Ich meine, sie hätte das einmal erwähnt." Die Dansk nahm den Kleinen bei der Hand und ging zu den anderen, fragte hier und dort und dann blieben sie auf einmal bei einem Weib stehen, das ein bunt leuchtendes Gewand trug. „Eilidh? Ich glaube du wirst dich mit ihm unterhalten können, denn er spricht nicht unsere Sprache. Frag, wohin er will und wie er hierherkam." Das Weib sprach tatsächlich seine Sprache, seine Augen leuchteten wieder und verstohlen trocknete er mit dem Ärmel des Kittels sein Gesicht. Dann erklärte er, dass er wohl wegen einer Fehde kein Schiff hatte nehmen können, das ihn nach Flandern bringen könnte. „Du hast Glück. Wie ruft man dich?" „Ruaraidh Mac Eachann." „Ruaraidh, passt gut zu dir!" Er atmete auf, als das Weib seinen Namen so exakt wiederholte. „Warum hab ich Glück?" „Na, weil Danmark, Scandia oder Lochlann, wie wir es in Alba nennen, nicht mit Gallien in Fehde liegt und deshalb auch fürderhin Handel, also Vitalien mit ihnen tauscht. Du musst wissen, dass sich die aus Eire eingewanderten Skoten mit den blaubemalten, wilden Pikten verbündeten und mit den Nordmännern, den Normannen oder Vikings, wie man sie auch nennt, regen Handel treiben.

Das ist besser, als in Fehde zu liegen und hat die Kuningreiche auch so reicher gemacht. Wir brauchen nur ein weiteres Schiff, das dich nach Flandern bringt. Hast du dort Verwandte?"

„Nein, aber mein Vater kam von dort. Er hieß damals Hector und war vom keltischen Stamm der Sueben. Aber da gab es mich noch nicht." Sie drehte sich zu den anderen um und besprach etwas, dann übersetzte sie es für den Rotschopf. „Wenn du noch ein oder zwei Monde bei uns bleibst, können wir dich dorthin begleiten. Ob wir in Flandern bleiben oder weiter südlich unser Glück versuchen, wissen wir noch nicht. Willst du?" Was blieb ihm übrig? Hier hatte er jemanden gefunden, dass seiner Sprache mächtig war und dann gab es die Aussicht, in zwei Monden mit einem weiteren Schiff endlich dorthin zu gelangen, wo er hinwollte. Natürlich sagte er zu, denn sie hatten Cöln erwähnt. Eine Siedlung der Ubier unter ehemaligem, römischem Schutz, die sein Vater erwähnt hatte. Bei den Gauklern konnte er viel lernen. Sie zeigten ihm, wie man Feuer entfachte, das man mit Wasser nicht mehr zu löschen vermochte: „Aus dem fernen Morgen, Bengalen nennt man diese Gegend." Ihm wurde außerdem erklärt, wie man mit Salpeter und etlichen Stoffen in der Lage war, ein dunkles Pulver herzustellen. In eherne Feuerrohre gestopft, danach Steinkugeln dazu, konnte man beim Entzünden die kleinen Steinsplitter mit voller Wucht herausschleudern … eine laute, gefährliche Waffe. Was konnte dagegen schon der Ger der Mannen, die Streitaxt Franziska, oder das Sax auf so große Entfernung anrichten? Ein Bogen oder eine Armbrust waren dagegen zu unhandlich und lange nicht so laut.

Es gefiel ihm sehr gut, bei dem fahrenden Volk, dessen Sprache er nun immer besser verstand, auch durch die tatkräftige Unterstützung von Eilidh, die ihm Selbstsicherheit gab.

(Was er auch wahrlich dringend brauchte, wenn sie erst einmal in der großen Stadt am Rhenus Fluvius waren.)

„Noch acht Nächte, Roter. Dann gehen wir an Bord. Es ist ein Frachtsegler der Dansk, er wird Holzstämme, Rentierfelle und golden glänzende Brennsteine nach Flandern liefert."

Randolph wollte es sich nicht nehmen lassen, dem Gaelic die freudige Nachricht zu bringen, die er gerade erfahren hatte. Ruadh lief auf ihn zu und umarmte den farbigen Hünen, der ihm ans Herz gewachsen war. Nun traute er sich auch, ihm eine Frage zu stellen, die ihm schon lange auf der Seele lag. „Randolph?" Er schaute ihn an und dann strich er mehrfach über dessen dunklen Arm. „Warum bist du so angemalt? Die Picts in meiner Heimat haben nur im Krieg blaue Körper. Striche und Symbole … aber du bist fast schwarz und kein Krieger, oder doch?" Der Angesprochene war beeindruckt, von der naiven Beschreibung, die der Kleine da gegeben hatte.

„Die Vikings sind mit ihren Langbooten in meiner Heimat eingefallen, haben viele von uns gefangen und in dieses kalte Land gebracht. Wir alle mussten hart arbeiten, sind teilweise mit dem Stamm der Rus weit ins Land der Morgen-Sol verschleppt worden. Wir waren nicht mehr frei. Das hat sich geändert, als mich die Gaukler als Arbeits-Sklave abgekauft haben und mir dann freistellten, zu gehen oder zu bleiben. Ich bin denen sehr dankbar, denn ich verdanke ihnen mein Leben, verstehst du das? Ich komme aus dem schwarzen Kontinent, wo die Sol am Tag genau über dem Kopf steht und am Abend so schnell ins Meer fällt, das in sehr kurzer Zeit der dunkle Schatten alles bedeckt." Ruadh stand nur mit offenem Mund staunend da. Er hatte nichts von dem verstanden.

„Wenn wir aufbrechen und an Bord gehen, wird es besser für dich sein, wenn du Beinlinge trägst. Man wird dich ansonsten entweder als junge Dirn sehen oder man weiß sofort, dass du aus dem Land kommst, mit dem die Gallier in Fehde liegen." Das leuchtete dem Roten ein und er ließ sich bereitwillig lederne Beinlinge aus ihrem Fundus geben, packte aber seinen

Rock, der ihn an seine Heimat erinnerte, in den Linnen Beutel. „Feileadh-beag", sagte er: „ich bin der letzte Gaelic unseres Clans. Großvater hat ihn mir vermacht." Dann sammelte er seine Sachen zusammen, legte sie in ein großes Tuch, das er über Kreuz zusammenknotete und stellte am Gewicht fest, dass es schon wieder ein paar Teile mehr geworden waren.

Während der Wartezeit im Dansk Kuningreich hatten die Alten angefangen, dem gelehrigen Gaelic den richtigen Gebrauch des Federkiels beizubringen und auf der Überfahrt nach Flandern setzten sie ihren Unterricht fort. Sie warnten ihn aber auch sogleich, damit vorsichtig umzugehen, denn kein Bürger seines Standes durfte in der Lage, die Schrift deuten zu können.

Der Wind stand gut, als sie den schützenden Hafen verließen und als auf offener See ein Sturm aufkam, hatte er sogleich wieder das ungute Gefühl in seinen Därmen. Randolph gab ihm ein paar getrocknete Blätter. „Kau sie kräftig durch und lass sie im Maul. Verschluck sie nicht, denn sie geben einen Wirkstoff ab, der dich nicht malad machen wird. Du wirst sofort merken, dass dir das schwankende Schiff nichts anhaben wird." Ruadh tat, wie ihm geheißen und musste zugeben, dass der Rat vortrefflich war. „Wie nennt man dieses Kraut?"

Der Dunkelhäutige nahm ein Pergament und kritzelte darauf. „Sobald du richtig lesen kannst, wirst du es wissen." Er nickte und beschloss, alle Rezepturen, die er fürderhin finden würde auf Pergament zu bringen … irgendwann wären sie bestimmt von Nutzen, für ihn oder für einen Medicus.

Er musste wohl die Einfahrt verschlafen haben, denn als man ihn weckte, waren die Gaukler schon fast alle von Bord. Die Wagen warteten abfahrbereit und Randolph stand neben ihm. „Was ist, junger Gaelic? Bereit für weitere Aventuren?"

Ruadh rieb sich verschlafen die Augen. Es war ein erholsamer, langer Schlaf gewesen und sein schwarzer, neuer Freund lächelte ihn allwissend an: „Ich vergaß zu erwähnen, dass dies

21

Kraut auch eine entspannende Vergesslichkeit mit sich bringt. Wir nennen es den kleinen Bruder vom ewigen Schlaf, verstehst du? Es hat dir doch gut getan, oder nicht? Wie auch immer, pack dein Bündel und dann runter vom schwankenden Kahn." „Zu welcher Stadt gehört dieser Hafen?" fragte er und folgte dem Farbigen. „Dunkerque", war seine knappe Antwort. Es war nicht viel Zeit, sich alles in Ruhe anzuschauen, denn es gab hier neben den Matrosen viele bewaffnete Söldner und Landsknechte, die Barken bestiegen, die unter den seitlich an den Schiffwänden hervorragende Eisenrohre verbargen. Gerade als sie dabei waren, die Klappen zu schließen, fragte Ruadh: „Randolph, was ist das?" Der Hüne schaute in die gezeigte Richtung, nahm die Hand des Kleinen herunter und antwortete: „Pst, das sind Handelsschiffe, die man zu Kriegszwecken mit Bombarden bestückt hat. Ich nehme an, dass sie Kurs auf Londinium in Britannia nehmen werden, aber schau da nicht so lange hin, sonst denken die, wir seien Kundschafter."
„Aber was sind Bombarden?" „Nicht hier, steig auf. Ich erklär dir das, wenn wir weit genug weg sind." „Wohin fahren wir?" „Wo uns der Wind hin weht", sagte er, „frag nicht so viel. Wir wollten dich doch nach Cöln begleiten, schon vergessen?" „Das ist die Wirkung vom Kraut, das du mir gegeben hast", scherzte der kleine Gaelic, der nun einen Grund hatte, den Hünen zu ärgern. „Das kann nicht sein", antwortete er, „dann müsstest du viel mehr davon genossen haben, oder hast du etwa das Zeug geschluckt?" „Nein, hab ich nicht. Es hatte einen ekligen Geschmack. Ich hab die Fische damit gefüttert." „Fahren wir jetzt nach Flandern?" wollte der Kleine wissen und Svendottir, das junge Weib mit den langen, goldenen Haaren schaute ihn verdutzt an. „Junge", sagte sie, „wir sind in Flandern. Du behältst tatsächlich nichts, was man dir sagt". „Doch das Kraut", dachte er, sprach es aber nicht laut aus. Er folgte den beiden und ein weiteres Avertur hatte begonnen.

Vorne auf dem ersten Wagen nahm er zwischen ihr und Randolph Platz und erzählte nun die ganze Geschichte seiner Kindheit, die ihm großes Verständnis einbrachte.

Liebevoll und ausführlich begann nun Svendottir zu erzählen. „Hier war die Hafenstadt Dunkerque. Wir fahren jetzt in die Richtung, wo die Sonne am Tag ihren höchsten Stand erreicht. Da liegt Bergves. Vielleicht haben wir Glück und können ein Spektakulum abhalten, bevor wir weiter nach Aachen, der Krönungsstadt der Kuninge ziehen, das frühe Aix-La-Chapelle genannt wurde, das Zentrum des gesamten Reiches. Alle Völker waren sich einmal einig, aber man munkelt, dass sich die Edelinge und der Klerus immer wieder zerstreiten."

Jetzt wurde sie von ihrem schwarzen Freund unterbrochen: „Genug. Siehst du denn nicht, dass der Kleine das nicht versteht?" Er drehte sich zum Gaelic um: „Wir fahren durch viele Städte und du kannst entscheiden, wo du bleiben willst. Wenn du niemanden hast, der mit dir verwandt ist, so warte in Ruhe ab. Ich hab ja kurz Cöln am Rhenus erwähnt und ich könnte mir vorstellen, dass du dort am ehesten bleiben könntest. Ein Völkergemisch aus unterschiedlichen Landen, das sich sehr gut untereinander verstehen."

„Colonia Agrippina", erinnerte sich Ruaraidh. „Da wurde der keltische Stamm der Ubier angesiedelt, die auf der linken Seite des Fluvius Schutz bei den Römern suchte und fand."

„Der Kleine versteht nichts", lächelte das Weib aus Dansk und schaute auf die trabenden Zugpferde, während Randolph, ihr farbiger Freund mit offenem Mund über den Geistesblitz des jungen Rothaarigen staunte, der offensichtlich reifer war, als es seinen erlebten Winter nach, normalerweise sein konnte.

Diese Aussage war ihm mit Sicherheit von einem Menschen zugetragen worden, der die alte Römerstadt gekannt hatte.

Dort war ein Gemisch aus vielen unterschiedlichen, ethnischen Stämmen entstanden. Über den Fluvius Rhenus waren Siedler und zahlreiche Händler aus den südlichen, wie auch den niederen Landen gekommen. Teilweise errichteten sie in der Stadt Handelshäuser, manchen gefiel das Leben hier so gut, dass sie sich sogar dauerhaft niederließen. Zum Wohl der Stadt, die nun auch das Stapelrecht besaßen, das ihnen zugestand, sämtliche Waren zuerst hier in Cöln auf den öffentlichen Märkten feilzubieten. Sämtliche Schiffe, mochten sie mit der Strömung aus Helvecia, oder noch weiter, dem fernen Venecia gekommen sein, oder von Schleppern aufwärts des Fluvius gezogen, alle mussten entweder ein hohes Zoll Geld bezahlen, um weiterfahren zu dürfen, oder die Waren hier verkaufen.

Auch über die befestigten Römerstraßen wurden die Bürger magisch angezogen, von der neu entstandenen Metropole am Rhenus. Es gab so viele Stadttore in der ringförmigen, hohen Schutzmauer, wie in keiner anderen Stadt.

Ruaraidh war eingeschlafen und Randolph hob ihn auf die Ladefläche, deckte ihn mit ein paar Fellen zu und schwang sich wieder auf den Sitz. „Ein mutiger kleiner Kerl, dieser Ruadh."

„Und so schlau." Ergänzte Svendottir, die es nicht lassen konnte, ihren Freund zu ärgern. „Aber seine Aussprache", er kratzte sich am Kinn: „Hoffentlich wird er alles verstehen."

Es waren drei Monde vergangen, seitdem er von zuhause aufgebrochen war. Viel Neues hatte er erlebt und gesehen.

Es war an einem verregneten Nachmittag, als sie in der großen Stadt am Rhenus ankamen. Die Gaukler waren seine Begleiter und hatten versprochen, ihn unbeschadet bis zu dieser alten Römerstadt zu bringen. Auf den vielen Märkten konnten sie dem großen Publikum ihre Kunststücke zeigen und sorgten mit Kurzweyl für das weitere Überleben des fahrenden Volkes.

Er fühlte sich sofort in der großen Stadt geborgen, die ihm gegenüber nicht feindselig gestimmt schien. Er verabschiedete sich schweren Herzens von seinen Wegbegleitern und machte sich alleine auf den Weg.

Fasziniert schaute er einem Wundheiler zu, der umringt von vielen Schaulustigen öffentlich seine Heilkunst darbot.

Ein Mann saß leblos auf einem Stuhl. Der Bader wühlte mit einer Zange an dessen entblößter Brust, als Ruadh näher kam und einen fingerdicken Holzstab darin stecken sah.

„In deinem Alter sollte man nicht mehr in die Bäume klettern, um die Früchte zu pflücken", erklärte der Heiler, doch der Kleine erkannte sofort, dass sein Patient wohl nichts von dem mitbekam, was an ihm vollbracht wurde. Er war festgeschnallt und hatte quer im Mund ein Holzstück, das mit Leder umwickelt war. Seine Augen waren geschlossen und sein Kopf hing seitlich schief gegen die Stuhllehne.

Der Rotschopf fasste sich ein Herz, drängte sich durch die Leute und sprach mit erstaunlich fester Stimme in seinem Dialekt: „Schläft er, Herr? Oder ist er schon hin?"

Während der Bader erstaunt den kleinen Wicht ansah, grölten die Umstehenden laut los. „Noch nicht ganz, Roter. Aber es kann nicht mehr lange dauern." „Silentium!" rief der Heiler. „Ihr stört meine Arbeit. Und nun zu dir, er ist nicht hin. Ich hab ihm den Schmerz mit Mohnkapseln genommen, du Studiosus!"

Mit einem Ruck hielt er triumphierend den blutigen Stab hoch. Die Operation war geglückt, aber lebte der Alte wirklich noch? „Hat er Euch zuvor entlohnt? Denn wenn er wirklich hin ist und keinen Beutel bei sich trägt, wie wollt Ihr dann zu Euren Münzen kommen? Oder macht Ihr das ohne Entlohnung?"

„Du hast ein vorlautes Maul, Kleiner." Er packte ihn und zog ihn zu sich auf das Podest. „Soll ich dich auch von ein paar lästigen Zähnen befreien? Dann wirst du sehen, wer bezahlt."

Während einige Leute sich schon gierig über die Lippen leckten, stand plötzlich ein Monk in der vordersten Reihe.

„Lass ihn gehen. Oder hat er sich angeboten, um von einer Malad befreit zu werden? Wird's bald?" Der Heiler murrte unwirsch und ließ von ihm ab. Ruadh sprang herunter.

„Halt!" rief der Monk, „nicht so eilig. Du scheinst dich hier nicht so recht auszukennen, irre ich?" Der Kleine schaute sich den heiligen Mann nun näher an. Er trug eine dunkelbraune Kutte aus dichtem Filz, die weite Kapuze halb über dem kahlgeschorenen Kopf und ein langer, heller Strick hielt sein schlichtes Gewand an der Hüfte zusammen. Auf seiner Brust baumelte ein grob geschnitztes Holzkreuz. Ruadh hatte schon oft von den frommen Männern gehört, die in steinernen Siedlungen lebten, deren Mittelpunkt eine Kapelle oder Kirk bildete. Man nannte sie Kloster.

Der Kleine kniff die Augen zusammen und überlegte.

Vater hatte ihm doch erzählt, dass an der Küste der Sasunnach vor etlichen Wintern eine Horde von Nordmännern mit ihren Langbooten anlandete und fürchterlich unter ihnen wütete.

Das waren also diese Männer, die keine Waffen trugen und sich nicht wehrten? Dann waren sie dumm oder feige. Oder beides. Gleichzeitig erschrak er über seine Gedanken, denn wie war es seinen Eltern ergangen? Hatten sie sich auch nur halbherzig gegen die Rot Röcke gewehrt? Waren sie auch feige?

„Ihr habt Recht. Ich bin neu hier und suche eine Bleibe."

„Du sprichst einen seltsamen Dialekt, woher kommst du?"

„Von der Insel im German Sea, Richtung Abend, aus Alba."

„Von so weit her? Und ganz alleine, mein Gott." Er bekreuzigte sich und bot ihm an: „Du kannst mit mir kommen. Wir können dich unterrichten und dir helfen, eine dauerhafte Bleibe zu finden. Meine Brüder werden sich freuen, wenn du ihnen aus deiner Heimat erzählst. „Alba, mein Gott", wiederholte der Monk verträumt und fragte dann ängstlich: „das liegt doch oberhalb von Britannia, stimmt's?" Der Kleine nickte eifrig. „Haben da nicht die wilden Nordmänner, diese barbarischen Vikings ein Kloster geschändet?" „Hab auch davon gehört..."

„Wie sollen wir dich rufen?" „Ruaraidh, Mac Eachann."

Der freundliche Monk legte die flache Hand auf seine Brust.

„Bruder Stephanus. Du kannst mich zum Kloster begleiten, wenn du magst, aber an deinem Namen müssen wir etwas tun. Den werden wir nicht so aussprechen können, wie du das wohl gerne hättest." Während sie die Gasse heruntergingen murmelte der Kuttenmann leise vor sich hin, wohl nach einem geeigneten Namen suchend, oder er dachte an das ferne Land Alba.

„Ihr könnt mich auch Ruadh nennen, wenn das einfacher ist."

„Das ist gut. Ruadh, das kann man sich besser merken als diese Ruadi Mäck Ilhan, stimmst?" „Ruft mich Ruadh, verzeiht, das andere könnt Ihr nicht. Ihr sprecht das völlig falsch aus."

Sie kamen entlang einer Mauer zu einer hölzernen Pforte.

Darüber schaukelte ein Brett, in dem mit römischen Ziffern der Name des Klosters eingeritzt war: Heilige Mönchsbrüder.

Der Kleine war der Schrift noch immer nicht so mächtig, sonst hätte er sich darüber gewundert, dass hier die Monks wohl anders genannt wurden, als auf seiner Heimatinsel.

Er wurde herzlich aufgenommen und verbrachte die nächsten Monde zunächst friedlich innerhalb der Klostermauern.

Zwei Winter waren ins Land gegangen, seitdem im hohen Norden, im Land Alba die Eltern des kleinen Ruaraidh von den verhassten Sasunnach gemeuchelt wurden.

Nun hatte er seinen zehnten Winter erlebt und war immer noch mit Stephanus zusammen. Er war mit ihm gegangen, als der Monk vom Kloster verstoßen wurde, als man bemerkte, dass er nebenher eine zweifelhafte Tätigkeit ausübte. Der fromme Mann lebte nun mit einer Kräuterfrau zusammen, die auch als Engelmacherin einen gewissen Ruf unter der ärmlichen Bevölkerung hatte. Ruadh bewohnte die Dachstube und half seinen Gastgebern, die ihm in der Zwischenzeit lesen und schreiben beigebracht hatten. Das steingemauerte Haus war ein Teil der äußeren Wehrmauer. Einen Wohnzins brauchten sie nicht zu leisten, denn Stephanus war einer der vielen Spießbürger geworden, die bei einem eventuellen Angriff mit

Waffengewalt diesen Abschnitt der Mauer verteidigen mussten. Sie wohnten und wirkten unmittelbar neben dem nördlichen Tor am Eigelstein, eine eher ärmliche Gegend.

In den Gewölben des Hauses war von dem Monk, wie ihn Ruadh immer noch nannte, eine Werkstatt eingerichtet worden, von der die wenigsten Nachbarn eine Ahnung hatten.

Hier braute und brodelte manches Kräutergemisch und etliche Wirkstoffe und Pülverchen wurden hier zusammengestellt, die heilende Wirkungen erbrachten. (Einige leider das Gegenteil.) Kurzum, Stephanus war unter die Alchemisten geraten. Teils gewollt, teils durch Zufall hatte er bei seinen Kochkünsten im Kloster manche Experimente gemacht, die den Brüdern nicht gut bekommen waren. Das ihnen die Därme drückten, wenn er sie beköstigte, war noch die harmloseste Sache gewesen, aber als der Prior mit starkem Fieber so arg daniederlag, dass man den Medicus zu Rate ziehen musste, war es mit seiner ausgeübten Tätigkeit vorbei. Man wollte ihn loswerden.

Aber er war nun einmal Mönch. So einfach war das nicht. Mittlerweile hatte sich zu allem Überdruss bei Stephanus seiner auch noch Minne bemächtigt, in persona des schändlichen Weibes Alma, … ein Frevel, den man ihm nicht mehr verzieh.

Der Prior und der Pfaff von Stift Eigelstein waren sich einig: Stephanus war nicht würdig, als Mönch den Orden vertreten zu können, da er gegen etliche Gebote und Pflichten verstoßen hatte, wurde er exkommuniziert und des Klosters verwiesen.

Er war darüber keineswegs traurig oder erbost, im Gegenteil, Stephanus, der sich fortan Steffen nannte, genoss sein unbeschwertes Leben. Auf einer Reise nach Franken, wo er auf dem Markt ungestört und frei neue Elixiere erwerben konnte, fand er zufällig ein interessantes Pergament. Es stammte von einem arabischen Heiler, der sein ganzes Wissen und alle Möglichkeiten einer Behandlung aus dem Griechischen aufgezeichnet hatte. Er hatte das damalige Wissen von

Alchemisten und Medici sorgfältig in drei Sprachen aufgeführt. Der Händler schien den wahren Wert dieses Dokumentes nicht zu kennen, denn er wollte dafür nur zwei Silberlinge haben, ein lächerlich kleiner Preis, den er gerne bezahlte.

Seine eigenen Elixiere waren begehrt, speziell die Mittel, die es den älteren Männern noch möglich machten, einem jungen Weib beizuwohnen, ohne von ihnen verspottet zu werden.

Zur Verwunderung von Ruadh kamen sogar verstohlen und im Schutze der Dunkelheit die alten Ordensbrüder zu ihnen.

Was für eine verlogene Gemeinschaft.

Der kleine Rotschopf war sehr wissbegierig und hatte viele gute Ideen, die sowohl für Alma, wie auch Steffen von großem Nutzen wurden. Damals wurde der Grundstein für sein Leben gelegt, denn er entwickelte sich zu einem hervorragenden Hexenmeister, der die weiße, wie auch die schwarze Magie, die man auch Freikunst nennt, bis ins kleinste Detail studierte, erforschte, damit experimentierte und leider auch etliche Male allzu forsch seinen Tisch samt Geräten im Gewölbe verbrannte.

Sie mussten vorsichtig zu Werke gehen und manches Mal auch den Unwissenden spielen, wenn es galt einem, vom Pfaff beauftragten, heimlichen Denunzianten keinen Anhaltspunkt, Hinweis oder Handhabe zu geben, die sie alle ganz schnell und leicht an den Galgen gebracht hätte. Womöglich noch nach langer Quälerei, Schikanen und Folter, die man geschickt für das normale Volk die peinlichen Befragungen nannte.

Ein gruseliger Gedanke, dem sie sich manchmal ausgesetzt hatten, aber in seiner ganzen Konsequenz niemals zu Ende denken wollten.

Pieter

An einem heißen Sommertag im achten Mond des Jahres, atmete ein kleiner Junge zum ersten Mal innerhalb der Stadtmauern zu Cöln den Gestank der Gassen ein. Genauer gesagt an der Ringmauer in unmittelbarer Nähe des Eigenstein Tores, im Norden der Römerstadt, einem ärmlichen Handwerkerviertel. Es hatte seit langem nicht geregnet und so häuften sich Dung und Essensreste, unbrauchbare Innereien der Fleischhauer mit dem Staub der Ochsenkarren auf dem Steinpflaster. Das nasse Regengeschenk des Himmels spülte sonst immer diese unliebsamen Machenschaften die Gassen herunter, durch vergitterte Öffnungen der Stadtmauer in den Rhenus. Dort schwammen sie mit Hingerichteten, die keines Grabes würdig waren und verendeten Tierkadavern bis in die niederen Lande. Die reichen Bürger der Stadt waren froh, dass sie sich mit Hilfe des Medicus durchgesetzt hatten, den Richtplatz vor die nördlichen Tore Cölns zu verlegen. Drei Winter beklagten sie in jeder Versammlung der Bürgerschaft immer wieder, dass sich einige Kadaver, mögen es nun tierische oder menschliche gewesen sein, an Brückenpfeilern stauten und sehr unschön anzusehen war, wie sie langsam zu Gerippen verfielen. Nun war vor dem Tor des Eigelsteins auf dem freien Feld, das bis an den Fluvius reichte, dem Recht genüge getan.

Die regelmäßigen Vollstreckungen waren ein Spektakel, das die Bürger hierher lockte. Hier wurde geviertelt, gerädert und am Galgen aufgehangen, man konnte sogar noch die schwarz verkohlte Stelle sehen, wo die letzten Hexen verbrannt waren und als gereinigte Seelen ins Himmelsgewölbe aufstiegen. Hier oben verließ der Fluvius Rhenus die Ufer der alten Römerstadt und alle Färber, Schinder und Gerber entsorgten nun auch hier ihren Unrat. Aus dem Auge aus dem Sinn.

Der kleine Bastard wurde als ungewollter Bagatellschaden von seiner Mutter, einer Hübschlerin, Pieter genannt. Vielleicht als Erinnerung an den Mann, der für den Balg verantwortlich war. Kümmern konnte sie sich nicht um ihn, denn es gab zwei weitere, kleine Mäuler von zu stopfen.

Ein Bader hatte sich ihrer angenommen, da sie im Wirtshaus nebenan als Hübschlerin ihren Unterhalt heranschaffen musste. Ab da waren sie also zu viert, einen Erzeuger muss es wohl zwangsläufig gegeben haben, aber ob es ein Händler aus dem fernen Venecia oder ein Bootsmann von den niederen Landen war, sie hatte auch später nie darüber ein Wort verloren. Vielleicht wusste sie es selbst nicht so genau.

Jedenfalls wuchs der kleine Pieter mehr im Haus des Baders auf, als bei seiner Mutter, denn sie brachte nur abends ein paar Groschen, um den gutmütigen Hausherrn bei Laune zu halten. Pieter hatte sich später oft gefragt, was wohl aus seinen Geschwistern geworden war und wer sie aufgezogen hatte.

Dann bekam seine Mutter eine tödliche Malad, die sie sich wohl bei ihren männlichen Kunden geholt hatte.

Da zählte sein Leben gerade einmal sieben Winter. Sie lag nur eine Woche auf der Pritsche in der Stube des Wundarztes, bis sie verstarb. Ab diesem Zeitpunkt half der Kleine dem alten Heiler beim Kurieren, Einrenken und Richten von Gliedmaßen, sowie anderen Zipperlein. Nun gab es zwei Möglichkeiten: der Alte würde ihn mit Erreichen seines achten Winter auf die Straße setzen und war damit seiner Christenpflicht entbunden, oder er müsste sich nützlich machen, indem er tatkräftig bei ihm arbeitete, um ebenso ein helfender Wundarzt zu werden. Die Future hatte gezeigt, dass seine damalige Entscheidung richtig war, denn dabei hatte er auch den jungen Alchemisten kennengelernt, der in seinem Gewölbe manch seltsames Elixier und Tinkturen herstellte. Auch solche, die bei offenen Wunden und schwarz verfärbten Prellungen wahre Wunder bewirkten,

31

auch schnelle Heilung brachten, als Wickel mit saurer Milch. Bader und Alchemist saßen nun des Öfteren bei einem Becher zusammen und manchmal durfte auch Pieter davon kosten, denn nun zählte sein Leben schon zwölf Winter.

Es war an einem Tag im Lenz, die Sonne stand im Zenit und auf dem Marktplatz hatte sich viel Volk um den alten Bader, seinen jungen Gehilfen und ein armes Weib versammelt, dass festgeschnallt auf einem Holzsessel in ihrer Runde saß.

Arme Leute, die sich keinen Medicus noch Wundarzt leisten konnten, ließen sich zum Pläsier und gegen einen Obolus öffentlich behandeln. Da solche, mit großer Pein ausgeführten Arbeiten meist lautes Wehgeschrei mit sich brachten, war es für die Marktbesucher eine sadistisch anmutende Abwechslung ihres Alltags. Nur eine Hinrichtung konnte so etwas noch überbieten, sei es das Zerschlagen von Gliedmaßen mit dem Rad oder das Strangulieren am Galgen.

Nun besaß der alte Wundarzt wohl nicht mehr die ruhige Hand, die er für seine Arbeit brauchte. Pieter beobachtete das schon seit Tagen, wagte aber nicht, ihm seinen Verdacht zu äußern.

Als der Bader den Holzpflock und Hammer in seine Hände nahm, weiteten sich die Augen des Weibes, denn er wollte mit zittriger Hand tatsächlich die zwei quälenden, schwarzen Zahnstumpen aus ihrem weit aufgerissenen Maul schlagen.

Mit einem dicken Lederball zwischen den einigermaßen gesunden Zähnen in der anderen Seite ihres Mundes, konnte sie sich nicht erwehren. Pieter hielt ihren Kopf fest, ein Protest war nun nicht mehr möglich. Zwei Mal setzte der Alte den Pflock an, zwinkerte mit den Augen und wischte sich über die Stirn. Dann holte er endlich zu einem festen Schlag aus, der erfolgreich zwei Zähne auf einmal herausbrach.

Entsetzt erkannte Pieter als erster, dass es gesunde Beißer waren, die er geopfert hatte und hinter dem dicken Blutschwall konnte er deutlich noch die wahren Übeltäter zu erkennen.

Das Weib wandte sich stöhnend, zur Freund der Schaulustigen, die das erwartet und dafür bezahlt hatten. Mancher jedoch fühlte plötzlich Mitleid, fasste sich selber ans Maul und schlich schnell davon. Vielleicht hatte man Angst bekommen, auch Ähnliches durchzumachen, denn so mancher stank nach Fäulnis und der Barber oder Wundarzt, wie er auch genannt wurde, könnte hier durchaus noch reiche Beute machen.

Als der Alte sein Missgeschick bemerkte, setzte er erneut, aber wiederum vergebens an. Nun machte er lautstark das grelle Sonnenlicht dafür verantwortlich, die schwarzen Ruinen immer noch verfehlt zu haben. Er griff nach einer großen Zange: „Gebt mir noch zwei Versuche! Ich werd sie von ihrer Malad befreien!" rief er, doch die Menge war entsetzt. Würde er der Alten doch, so er weitermacht, sämtliche Beißer aus ihrem Maul reißen und die schwarzen Ruinen doch stehen lassen.

Pläsier wollten sie, ja das stimmte, aber genug war genug.

Unmut wurde laut, steigerte sich und bald sprangen ein paar Männer zu ihnen, um die Alte zu befreien. Nun entlud sich die Wut gegen den stümperhaften Heiler, der wohl nicht zum ersten Mal sein Handwerk verfehlt hatte.

Pieter rettete sich gegen den aufgebrachten Mopp unter den Gerätewagen des Baders und musste zusehen, wie sein Gönner mit Schande zum Rhenus herunter getrieben wurde.

„Ein Scharlatan ist`s, nur bedacht, sein Säckel zu füllen!"

„Meiner Lioba schwätzte er eine Salbe auf, die ihre Furunkel heilen sollte, noch mehr eitrige Geschwulste wurden daraus!"

„Seine Tinktur hat mir die Haare nicht zurückgebracht!" rief ein glatzköpfiger Mann und fuchtelte mit seinen Armen, während auch er hinter der Menge her, zum Fluvius lief.

Bald war der Platz leer und Pieter beeilte sich, den mageren Klepper vor den Wagen zu spannen und das Gefährt schnell und sicher zurück zum Eigenstein zu bringen.

Er wartete die Nacht ab, doch der Alte kam nicht zurück.

Erst nach drei Tagen munkelte man in den Straßen der Altstadt, dass man einem falschen Bader hatte habhaft werden wollen, doch der wäre aus freien Stücken in den Fluvius gesprungen und doch dabei elendigst versauft. Dabei bekreuzigten sie sich jedoch eher halbherzig, denn sie schienen nicht wirklich allzu sehr davon betroffen. Waren sie doch den Alten los, den sie nun als Quacksalber bezeichneten, denn allzu oft versuchte er mit Quecksilber die unterschiedlichsten Wehwehchen zu lindern. Pieter schwor sich damals, keinen Schabernack mit den Leuten zu treiben, das war nur vordergründig schnell verdientes Geld. Langfristig konnte das böse enden, wie er nun erfahren hatte. Und die silbrig glänzende Flüssigkeit war ihm schon immer sehr eigenartig vorgekommen und wunderte sich schon damals, warum sich der Alte immer Tücher vors Gesicht gebunden hatte, wenn er mit dieser Substanz hantierte.

Er wandte sich an den Alchemisten, mit dem er nun Kranke pflegte und der ihm mit seinen Elixieren gar vortrefflich half. Die Winter waren ins Land gegangen und mit achtzehn Lenzen verabschiedete er sich von ihm und zog in ein Dorp nahe Cöln, wo er ein Weib fand. Sein Glück währte jedoch nicht lange, denn seine Adelgunde verließ ihn nach ein paar Wintern. Bei ihren frühen Tod im Wochenbett hatte sie schmerzhaft leidend bis zuletzt versucht, sich gegen das Unausweichliche zu wehren. Es war vergebens gewesen und noch auf dem Sterbebett hatte er ihr versprechen müssen, sich um das kleine Würmchen zu kümmern, bei dessen Geburt sie verblutet war. Das Schicksal meinte es nicht gut mit ihm aber das freundliche Kind, das ihn schon des Morgens so lebensfroh anlachte, tröstete ihn über den Verlust hinweg. Die ihm gestellte Aufgabe lenkte ihn von der Einsamkeit ab, zumindest am Tage. Nun galt es, sich und die Kleine durchzubringen. Er war mittlerweile im Dorp als Bader tätig und bekam auf Anfrage einen Freibrief als Schankwirt, das war ein guter Anfang.

Das schwarze Ungetüm

Cathrin, die Tochter des Baders führte die Schenke im Dorp. Ihr Vater Pieter hatte im Hinterzimmer einen Raum, in dem er Kranke pflegen und behandeln konnte. Ob offene Wunden, verfaulte Zähne ausschlagen, oder verstauchte und ausgerenkte Gliedmaßen richten, der Wundarzt verstand sein Handwerk. Er wohnte hier mit seiner einzig übriggebliebenen Tochter innerhalb der Dorpmauern. Sein Weib war bei der Geburt ihres vierten Kindes verblutet, obwohl er dabei gewesen war und ihr trotzdem nicht mehr hatte helfen können. Obendrein waren auch schon weitere drei seiner Sprösslinge beim Herrgott.

Ihm war nur die älteste, seine Cathrin geblieben, ein derbes Weibsbild, das gelernt hatte, sich gegen die aufdringlichen Männer erfolgreich zur Wehr zu setzen. Schließlich zählte ihr Leben auch schon zwanzig Winter.

An Freier verschwendete sie keine Gedanken, denn mit dem Schankhaus hatte sie ein gutes Einkommen und zu was die Mannsbilder fähig waren, erlebte sie doch täglich bis in die späten Nachtstunden. Mit jedem Becher, mochte es nun ein gewürztes, starkes Kräuterbier oder der vergorene Saft der Reben sein, bekamen die Hände mancher Gäste ein flinkes Eigenleben. Sie wusste mit solchen Dreistigkeiten umzugehen, schlug wenn nötig, hart zurück, so sich denn dreiste Finger an ihrem Hinterteil oder im Ausschnitt ihrer Bluse verirrten.

Auch hatte sie schon so manchem vorwitzigen Schelm einen hölzernen Krug über den Schädel gezogen, ihm den Geldbeutel vom Gürtel getrennt und sich die geschuldeten Münzen selber genommen, bevor sie ihn anschließend vor die Tür setzte.

Aber es gab auch nette Gesellen, solche die so lange tranken, bis sie einfach von der Bank rutschten und ansonsten keinem etwas zuleide taten. Dieser Abend schien genauso zu verlaufen, wie alle anderen, doch dem war beileibe diesmal nicht so.

Gottlieb, der Lederer war noch gut beieinander, als er sich als letzter Gast anschickte, sein Heim aufzusuchen. Er wollte, wie jeden Abend die kleine Pforte neben dem geschlossenen Tor nehmen, um zu seinem strohgedeckten Haus zu gelangen, das zwischen der hohen Umgrenzungsmauer und dem Weiher lag. Der Bader war soeben von einem Kranken zurückgekommen, als ihm der Heimkehrer in der Schenke fast in die Arme fiel.

„Nimm die Fackel, es ist finster in der Gasse, denn Wolken verdecken die Gestirne!" empfahl er und deutete auf den Korb, der in der Tür stand. Für späte Gäste waren Knüppel darin, mit geteerten Lumpen, um sich in der Dunkelheit orientieren zu können. Der Bader gab dem Lederer einen, dieser ellenlangen Stecken: „Entzünde ihn im Feuerkorb da drüben."

Der Mann nickte dankend und stolperte auf das flackernde Feuer zu, während der Wundarzt die Stube betrat.

Cathrin war gerade dabei, die restlichen Öllampen zu löschen: „Na Vater, geht's ihm schon besser?" Sie meinte damit den Färber, der in seinem angesetzten Sud, mit der er die Tücher tränkte, ausgerutscht war. Sein linkes Bein hatte dabei einen offenen Bruch erlitten und nun musste er die Bettstall hüten.

„Ich hab es richten können, so gut es ging und mit Sauermilch einen Verband angelegt. Es eitert noch, aber wenn's morgen nur noch blutet, wird es hoffentlich bald verkrusten, dann kann ich entscheiden, ob sein Bein vielleicht noch retten ist."

Er trat hinter das breite Eichenbrett, das von zwei mächtigen Fässern getragen wurde und so als Schanktisch diente. Dann nahm er einen Holzbecher vom Bord, tauchte ihn mehrfach in den Trog mit abgestandenem Wasser und schüttete sich einen letzten Abendtrunk ein. Cathrin kam mit einem brennenden Öllämpchen zu ihm, küsste seine Wange und stieg langsam die knarrenden Stufen empor. „Vergiss nicht, den Riegel vor die Tür zu legen. Wir haben unsichere Zeiten, sagst du mir doch immer, gute Nacht Vater." „Angenehme Träume, Tochter."

Derweil stolperte der Lederer durch die dunkle Gasse an der Mauer entlang. Seine Fackel hatte er weggeworfen, nachdem sie ihm zwei Mal ausgegangen war, als er trunken auf die harten Steine gefallen war. „Jetzt muss doch bald das Tor kommen", sagte er sich, als er mit der linken Hand an der rauen Mauer entlang tastete und stehenblieb.

Da! Der Vorsprung, die Einfassung, die groben Balken der Tür. Er fand die schmiedeeiserne Klinke und drückte sie herunter.

Gott lob, die Pforte war offen.

Schon drei Mal hatte ein Bürger der Wache bei seinem letzten Rundgang vergessen, dass es späte Wanderer gab, die die Umfriedung noch verlassen, oder wieder ungesehen von einem nächtlichen Amüsement herein huschen wollten.

Ein schemenhaftes Zwielicht stellte sich nun ein, als sich der helle Vollmond durch die Wolkendecke zwängte und den Weg, trotz des aufziehenden Nebels ein wenig besser zeigte.

Huhu … „Was war das?" Gottlieb schaute sich um, denn es war ihm, als hätte er einen Windstoß im Rücken gespürt.

Da, wieder! Das konnte zu dieser späten Stunde kein Tier sein, es war eher eine gekrümmte Gestalt, die hin und her huschte. „Wer da?" rief er kühn. Eher erschrocken als mutig fasste er sich an die Seite und musste entsetzt feststellen, dass sein Dolch wohl zuhause lag, oder ihm im Wirtshaus, vielleicht sogar in der Gasse beim Hinfallen abhandengekommen war.

Jetzt sah er deutlich, wie ein mannshohes Ungetüm mit schwarzem, knietiefem Umhang auf ihn zu flatterte. Das war aber auch das letzte, was er von dieser Welt noch zu sehen bekam, bevor er stechende Schmerzen in seiner Brust und den Lenden verspürte und anschließend mit dem Gesicht ungebremst auf den festgestampften Lehmboden aufschlug.

Seine Lider flackerten noch ein wenig, bevor er ein letztes Mal endlos lange ausatmete und damit sein Leben beendete.

„Gottlieb, der Lederer liegt von den Mauern! Er wurde gemeuchelt!" riefen sich die Leute am Mittag des nächsten Tages zu, nachdem sie von den Männern der Bürgermiliz die schreckliche Kunde vernommen hatten.

Der Türmer war bei seiner morgendlichen Kontrollrunde auf dem Wehrgang durch einen Schießschacht auf das Bündel gegenüber aufmerksam geworden. Er stieg sofort die Leiter herunter und rannte zum Tor. „Was ist Jorris?" fragte ihn ein Wachmann, der mit seinen Kammeraden neben dem Tor stand, die Hellebarde lässig im Arm haltend. „Kommt mit! Da stimmt etwas nicht!" sagte er und bis auf einen folgte ihm die kleine Schar den Weg herunter, der zum Weiher führte.

Dann standen sie auch schon vor dem Bündel Mensch und starrten mehr ratlos und erstaunt sie auf den leblosen Lederer, der mit offenen Augen ins Firmament starrte.

„Holt den Bader! Er hat Erfahrung in solchen Sachen und soll sich das anschaue und uns dann sagen, was nun zu tun ist."

Ein Bürger rannte sofort zurück zum Tor, um den Heilkundigen zu holen, der sich hoffentlich noch in seiner Schenke befand. Pieter war gerade dabei, einem alten Weib mit einem Stück Hartholz einen schwarz verfaulten Zahn auszuschlagen, während Cathrin mit einer Hand die Arme des Weibes festhielt und mit der anderen ihren Kopf zurückbog. Da flog ungestüm die Tür auf und mit einem Redeschwall unterbrach der aufgeregte Mann heftig atmend die Behandlung.

„Nur keine Eile", sagte der Bader und ließ sich nicht beirren: „Du sagtest doch, dass er tot ist, oder nicht? Also wird er uns nicht mehr davonlaufen. Zuerst wird dem Weib geholfen, denn die ist noch unter den Lebenden und will von ihrer Pein befreit werden. Setz dich in die Stube und warte."

Der Bote drehte sich verstohlen um, befolgte die Anweisung und setzte sich nervös wartend auf die Holzbank, während er unruhig immer wieder um die Ecke in die Stube schaute.

Dann war Pieter soweit. Er zog triumphierend mit einer Zange den kleinen Quälgeist aus ihrem Maul, nachdem er ihn mit zwei leichten Schlägen gelockert hatte. „Und dass du mir beim nächsten Mal früher kommst. Wenn sich dein Kiefer entzündet, wirst du nicht so schnell von solcher Malad befreit werden."
Die Alte hatte seine Worte vernommen, war aber noch unfähig etwas darauf zu sagen, oder sie traute sich noch nicht.
Während Cathrin einen Humpen Bier holte, damit sie sich den Mund damit ausspülen konnte, legte die Alte einen Groschen in eine bereitgestellte Blechdose. Dann drückte sie die feuchten Linnen, die ihr der Bader hingelegt hatte, fest gegen ihre Wangen. Währenddessen wusch Pieter seine Hände in einem Trog und eilte dann mit dem Mann der Bürgermiliz zum Tor.
„Du kannst nicht einfach dazwischen schreien, wenn ich im Zimmer meine Patienten behandle", sagte er während dem Gehen und fügte eher schmunzelnd hinzu: „stell dir mal vor, ich würde dein Weib von einer Furunkel am Arsch befreien und ein Fremder würde dazwischenfunken, wie du eben."
„Ist gut. Ich habs verstanden. Wird nicht wieder vorkommen."
Pieter klopfte dem Mann auf die Schulter: „Ich hab dafür Verständnis, denn es ist keine alltägliche Sach, eine Leich zu finden. Woher wisst ihr denn schon, dass er gemeuchelt wurd? Und noch eins, kennt man den Ärmsten?"
„Also, so wie der starr in die Leere schaut, ist der hin. Und er blutet an der Brust, sein Gewand ist zerstochen, all das deutet doch darauf hin, dass er gewaltsam aus dem Leben schied, und der Türmer, der ihn gefunden hatte, meinte dass es der Lederer sei, mehr weiß ich nicht." Pieter traute seinen Ohren nicht und wiederholte die letzten Worte: „Der Lederer?" Der Mann nickte und öffnete die Pforte. Sie waren am Tor angekommen und als sie den Weg herunter gingen, hatte sich dort unten eine Menge Volk angesammelt, das in den Wiesen und auf dem Weg eine dichte Traube bildete. Sie schauten erwartungsvoll auf Pieter.

„Macht Platz, Leute. Ich kann doch nichts sehen." Widerwillig gingen sie einen Schritt zurück, um danach umso neugieriger wieder die Reihen zu schließen. Unter diesen Voraussetzungen war es dem Bader unmöglich, den Toten näher zu untersuchen. Sie schubsten und drängelten so stark, dass er immer wieder angerempelt wurde. „Holt eine Karre. Ich muss das in meiner Stube versuchen." Pieter sah die blutverschmierte Gewandung, aber um genaueres zu sagen, musste er zur Schenke gebracht werden. Nach einer Weile wurde der Leichnam von zwei Männern mit der Karre dorthin gebracht und im Hinterzimmer völlig entkleidet. Jetzt sah das geschulte Auge des Wundarztes sofort die schmalen Einstiche, die sowohl dessen Gewand, wie auch seine Bauchdecke mehrfach durchdrungen hatten.

Es gab keine Zeugen des nächtlichen Scharmützels, das sich dort zugetragen hatte. Nur der Bader selbst war wohl der vorletzte, der den Lederer noch lebend in der Schenke angetroffen und sogar noch mit einer Fackel ausgestattet hatte. Nun galt es herauszufinden, wer der allerletzte und damit sein Mörder gewesen war und warum man ihn ausgerechnet da draußen vom Leben in den Tod befördert hatte.

Er hatte in seinem kleinen Haus alleine gelebt, war fleißig und soweit allem bekannt war, gab es keine Feinde oder Nachbarn, mit denen er in Fehde lag.

Als der Bader mit seiner Untersuchung fertig war, schob er mit zwei Männern den leblosen Körper samt seiner Kleidung in einen groben Hanf Sack. Dabei fiel dem Wundarzt auf, dass die kleinen Schnitte nun dunkel verfärbt waren und beulenartige Wölbungen gebildet hatten.

Sollte die Pestilenz wieder zurückgekommen sein, die doch vor etlichen Wintern so viele Bewohner dahingerafft hatte?

Aber es gab keine Anzeichen dafür, dass der ganze Körper von dieser entsetzlichen Malad befallen war, lediglich die Wunden hatten post mortem diese seltsamen Male ausgebildet.

Es waren keine schwarzen, eitrigen Beulen gewesen und er hatte auch keinen Schaum vor dem Mund, Hinweise auf die grausame Seuche waren es also nicht, aber trotzdem behielt er seine Beobachtung für sich, denn solche Erkenntnisse könnten schnell zu Hysterie und Panik führen, wenn man so Etwas falsch auslegte oder Unsicherheiten schüren wollte.

Womöglich würden dann in Windeseile verdreckte Stuben und Häuser vernagelt und ausgeräuchert, er wollte nicht weiter über die Folgen nachdenken und verschnürte den Sack. Der tote Körper wurde wieder mit der Karre vor die Mauern brachte, um ihn in geweihter Erde außerhalb des Dorpes an einem kleinen Weiher zu Grabe zu tragen.

Der Bader wollte dennoch letzte Klarheit über ihn haben und befragte Nachbarn und alle, die den Lederer kannten oder zu kennen glaubten, aber er kam keinen einzigen Schritt weiter.

Er musste sich damit abfinden, dass es einfach so geschehen war und man ihn wahrscheinlich hatte berauben wollen und zu spät bemerkten, dass es sich um einen armen Handwerker handelte, der nach seinem verdienten Tagewerk und dem kleinen Trunk in der Schenke einfach nur nach Hause wollte.

Er kam zu dem Schluss, dass es wohl Wegelagerer oder Beutel Schnitzer gewesen waren, von seiner Gegenwehr überrascht, dann keinen anderen Ausweg gesehen hatten und den Lederer mundtot machten. Dies deutete aber auch darauf hin, dass er sie oder ihn womöglich erkannte und später hätte verraten können.

Wie auch immer, nur der Herrgott wusste wohl die Antwort und es war nicht zu erwarten, dass der oder die Täter sich selber an den Pranger stellen würden. Sollten sie sich dem Pfaff offenbaren, so kam der mit seinem Beichtgeheimnis, würde sie oder ihn womöglich erpressen und ein paar Dukaten für sein Schweigen verlangen. Der Klerus nahm es damals nicht so genau mit der Wahrheit und predigte gar manche Dinge und Gebote von der Kanzel, denen er selbst nicht nachkam.

Wie sonst sollte man es deuten, dass die Magd oder Köchin des heiligen Mannes in unregelmäßigen Abständen von ein oder zwei Wintern einen recht dicklichen Bauch bekam und anschließend ein Balg nach dem anderen gebar, wo sie doch nur ihren Pfaff anbetete und noch nie mit einem anderen Mannsbild in der Schenke gesehen worden war?

Der Tod des Lederers wurde zur Kenntnis genommen und ohne weitere Untersuchungen kritzelte der Bader mit dem Federkiel in sein Dienstheft, wie und unter welchen Umständen es zum Ableben des ehrbaren Handwerkers gekommen war.

Mehr konnte er für den alleinstehenden Mann nicht mehr tun. Die Dorpältesten, samt Scheffen und dem Schultheiß gaben dem Wundarzt Recht und lobten seine Arbeit.

Ein unnützer, seltsamer Meuchelmord, der vielleicht für immer ungesühnt geblieben wäre, wenn sich nicht eine paar Nächte später etwas Ähnliches ereignet hätte.

Diesmal traf es Adam, den Landmann, der am frühen Mittag mit seinem Ochsengespann von der Feldarbeit zurückkam.

Er wollte seine Erzeugnisse hinter den befestigten Mauern des Dorpes feilbieten. Schon von weitem hatte er die schwarze Gestalt gesehen, die aus dem Tor auf ihn zukam.

Vielleicht wollte dieser Fremde seine reichliche Auswahl begutachten, bevor er sie auf dem wöchentlichen Markt zum Kauf anbot. Es war immer der mittlere Tag der ersten Woche im Mond, an dem neben dem Dorpteich, dem Anger Markt gehalten wurde und zu dem alle umliegenden Ackerer und Weber zusammenkamen. Der Mann, dessen Gesicht er durch die große Kapuze nicht sehen konnte, schien es nicht sehr eilig zu haben. Erst als durch einen Windstoß das Filztuch des Fremden von seinem Kopf wehte und dabei das geschwärzte Gesicht des Mannes freigab, ahnte er, dass dieser nichts Gutes im Schilde führte … aber da war es auch schon zu spät, um von seinem Gespann den harten Knüppel zu greifen, den er normalerweise immer als wehrhaften Stecken in der Hand hielt. Ohne ein einziges Wort mit dem Ahnungslosen zu wechseln, versuchte er dem Landmann eine blitzende Klinge in den Leib zu rammen. Adam wich geschickt aus und beugte sich verzweifelt über die seitlichen Bretter seiner Ochsenkarre, um den rettenden Stock zu greifen. Mit einer schnellen Bewegung ritzte der Fremde mit einer scharfen Schneide seinen Unterarm. Die Verletzung blutete kaum und schien nicht sehr tief zu sein, sodass Adam ungehindert den Knüppel zu fassen bekam, sich umdrehte und ihn über seinem Kopf kreisen ließ.

Mit flatterndem, langem Gewand floh der Fremde, einem großen Vogel im Tiefflug gleich, über die Felder davon.

„Was willst du von mir?" schrie ihm der Landmann hinterher, „du Nichtsnutz, Beutelschneider!"

Er griff wütend nach dem Hanfstrick, an dem einen eiserner Ring an der Schnauze seines Zugtiers befestigt war.

So führte er sein Gespann holpernd weiter, seinem Hof entgegen. Er wollte spätestens in einer Stunde zum Verkauf am Anger im Dorp sein. Kopfschüttelnd dachte er noch einmal an die Attacke, die er vermeintlich schadlos überstanden hatte. Lediglich die kleine Schramme erinnerte ihn noch daran, da sie ein wenig juckte.

Er spannte die Karre nicht ab, sondern ging sofort in den Stall und schleppte die zusätzlich bereitgestellten Körbe mit Obst und Gemüse auf die Ladefläche. Dann nahm er in der Küche ein Laib Brot und brach ein Stück davon ab. Aus dem Steinkrug mit gewürztem Bier nahm er einen großen Schluck, rülpste und wischte sich die Tropfen aus dem Bart.

Nun fischte er mit einem langen Stab ein kleines, schwarz verkrustetes Stück Schweinebauch aus der Esse. Er kratzte mit dem Messer die dunkle Kruste ab und biss abwechselnd ins Brot und das geräucherte Fleisch, während er wieder rülpsend in den Hof trat. Da spürte er zum ersten Mal ein seltsames

Gefühl. Es war ihm, als würde er vom Fährmann auf dem wankenden Floss über den Rhenus gebracht. Wie damals, als ihm so übel gewesen war, dass er die Fische mit seinem Mageninhalt fütterte. Diesmal blieb es bei dem unguten Gefühl, nur ein kalter Schauer zog über seinen Rücken und nasse Perlen zeigten sich auf seiner Stirn. Wieder wischte er sich mit dem Ärmel durchs Gesicht, löste die Bremsen des Gespanns und zog den Ochsen über den holprigen Weg, der an dem tiefen Graben entlang bis zum Tor des Dorpes führte. Schon ein paar Gassen weiter hörte er das laute Stimmengewirr von den Anbietern, Gauklern und lachenden Kunden, die den heutigen Tag auch als willkommene Abwechslung des täglichen Einerlei ansahen. Es gab viele Gaffer, genauso viele Beutelschneider und Gauner, die an solchen Tagen nie fehlten. Trotz der drohenden Strafe, eine Kerbe ins Ohr zu bekommen oder paar Finger zu verlieren, ließen sie nicht davon ab.

Adam fand eine geeignete Stelle für seine Karre, spannte den geduldigen Ochsen ab und führte ihn an den Anger.

Während sich das Tier, halb im Teich stehend an dem kalten Wasser labte, ging Adam zurück zu seiner Karre, denn die ersten kaufwilligen Bürger hatten schon einige Feldfrüchte in den Händen und begutachteten sie mit geschulten Blicken.

„Ein Albus, ein Schilling." „Dafür bekomme ich sechs Heller." Er musste sich konzentrieren und jedem den Preis nennen.

Die Idee, mit aufgemalten Zahlen die Waren zu kennzeichnen, war fehlgeschlagen. Wer von den Anwesenden war schon in Schrift und den Ziffern so kundig, um sie deuten zu können? Der Klerus mit den Mönchen, der Bader, der Medicus und vielleicht auch ein paar Scheffen und Amtmänner waren des Federkiels mächtig, aber die kamen meist nicht selber, sondern schickten Mägde und Bedienstete, die solche niederen Arbeiten verrichten. Manche kannten noch nicht einmal den Wert ihrer Münzen, aber sie brauchten keine Angst zu haben, denn die

Aussteller waren zu Wahrheit verpflichtet. Zuwiderhandeln konnte sie in den Kerker oder aufs Rad bringen.

„Drei und ein halb Albus, Weib. Ein guter Preis." Adam wollte gerade seine flache Hand hinstrecken, um die geforderten Münzen zu nehmen, als ihn wieder dieses Gefühl übermannte. Diesmal versuchte er sein Gleichgewicht zu finden, indem er sich abstützte. Er verfehlte den sicher geglaubten Griff an die Ladefläche, drehte sich zur Seite und schlug ungebremst auf die Pflastersteine auf. Die Leute sprangen entsetzt auseinander und sofort waren ein paar Männer der Stadtwache zur Stelle, die den Ohnmächtigen auf seine Karre hoben: „Holt den Bader, schnell!" riefen sie und sicherten sofort seine Waren: „Finger weg, sein Geschäft ist fürs erste geschlossen!" Während der Heilkundige geholt wurde, verfiel Adam in einen fiebrigen Wahn, aus dem er nicht mehr erwachte. Er schlug um sich, erkannte selbst seine Freunde und Nachbarn nicht mehr und als man seinen geschwollenen Arm betrachtete, murmelte er von dem Raben, der ihm den Arm geritzt hatte, bevor er davonflog.

Adam quälte sich fiebernd in eine schmerzhafte Nacht, obwohl man ihn zwei Mal zur Ader gelassen hatte, um die Säfte seines Körpers wieder ins Lot zu bringen, war alles umsonst.

Der Landmann kam nicht mehr dazu, dem Bader zu erklären wodurch sein Unterarm so grässlich angeschwollen war.

Er bewegte seine Lippen, aber es war kein Ton zu vernehmen. Sein Atem roch verfault und man musste sich ein mit Essenzen getränktes Tuch vor die Nase halten, wenn man die Stube des Baders betrat. Beide Windluken waren von Stroh und Lumpen befreit, um etwas kalte, frische Luft hereinwehen zu lassen.

In dieser Nacht saß der Wundarzt in seinem Lehnstuhl, um dem Todkranken von Zeit zu Zeit die Lippen zu befeuchten und ihm etwas Erleichterung in seiner bevorstehenden letzten Stunde zu verschaffen. Neben der Bettstall stand auf einem kleinen Schemel ein mit Sand gefüllter Tonkrug. Darin steckte ein brennender Kienspan, den er zwischendurch immer wieder durch einen neuen ersetzte, so der vorherige nur noch glimmte. In den frühen Morgenstunden ging es mit ihm zu Ende. Ein letztes Aufbäumen seines Körpers, dann durchbohrte ein starrer Blick den verschlafenen Wundarzt, der noch versuchte ihn im Fieberwahn zu beruhigen. „Rabevo ..." hauchte der Totkranke. Pieter sprang auf, nahm das getränkte Tuch vor sein Gesicht und beugte sich ein wenig zu ihm herunter. Jetzt verstand er, was der Arme sagen wollte. Noch im Sterben wiederholte er mehrfach hintereinander immer wieder die gleichen Wort: „Schwarzer Schatten, wie ein Rabenvogel, groß, schlimm ... " Dann fiel sein Kopf zur Seite. Er hatte es überstanden und trat nun vor seinen Schöpfer. In diesem Augenblick kam Cathrin in die Stube, um nach ihrem Vater zu sehen, denn seine Bettstall im Obergeschoß war die Nacht über unbenutzt geblieben. Er bat sie: „Hol den Monk, er ist als Christ verstorben."

„Ein Rabe? Wieso wurde er von einem Raben angegriffen?" Der gerufene Mönch, der an Stelle des Medicus für das urbane Volk zuständig war, erklärte sehr wortgewandt, dass man seine Äußerungen nicht mehr deuten sollte, denn ein fiebriger Mensch wäre nicht mehr in der Lage, einen Traum von der Wirklichkeit zu trennen. Jetzt waren auch ein paar Nachbarn in die Stube gekommen, um dem Lederer die letzte Ehre zu erweisen. Derweil beugte sich der Mönch, ein weiteres Gebet murmelnd, über die Bettstall und bedeckte das Gesicht des Verstorbenen. Dann erhob er sich und flüsterte dem Bader zu: „Wollen wir beide hoffen, dass es nicht der Satanus war, der in ihm wohnte und der Besitz von ihm ergriffen hatte. Ansonsten müssten wir ihn post mortum den Flammen übergeben, um weiteres Unheil von den Dorpbewohnern fernzuhalten."

Er schlug gleich drei Mal hintereinander das Kreuz, zum Zeichen sich selbst vor einem vermeintlichen Angriff des Höllenmeisters zu schützen. Dann raffte er sein Bündel, nickte den Umstehenden zu und eilte schnell zurück hinter die schützenden Klostermauern.

„Was hat der Monk damit gemeint?" wollten seine Freunde und Angehörigen wissen, aber Pieter schüttelte nur den Kopf. Er legte noch einmal den Unterarm des Unglücklichen frei und betrachtete die unheimliche Schnittwunde, die nun auf dem prall geschwollenen Arm ein wenig auseinander klaffte.

„Das kann niemals von einem Raben stammen", sagte er zu sich selber. „Der Schnitt stammt von einer scharf geschliffenen Klinge. Eine Kralle hätte eine unregelmäßige Furche in sein Fleisch gerissen. Aber warum sprach er im Angesicht des Todes immer noch von dem schwarzen Vogel, wenn es doch anscheinend ein Mensch war, der ihm solches zugeführt hat?"

-.-.-.-.-.-.-.-

Klara, die Hebamme der Umgebung lebte im elterlichen Gehöft außerhalb des Dorpes. Jeder wusste, dass sie dank ihres unermüdlichen Fleißes sehr wohlhabend war und sich durchaus ein steinernes Gebäude innerhalb der Umfriedung hätte leisten können. „Man ehrt sein Heim", hatte sie dazu immer gesagt und wollte den geerbten Hof nicht einfach so verlassen.

Sie war in dieser Nacht aus dem Nachbardorp gekommen, ihre Habseligkeiten auf dem Rücken und die rechte Hand unter ihrem Kittel verborgen. Es war eine Angewohnheit, immer den Dolch griffbereit unter dem Gewand in ihrer Faust zu spüren, wenn sie alleine unterwegs war. Diese Vorsicht rettete ihr vermutlich das Leben, denn als dieser schwarze Schatten auf sie zu flatterte, zog sie das blitzende Eisen hervor und stach zu, bevor sie angegriffen oder verletzt werden konnte. Mit einem stöhnenden Röcheln blieb der nächtliche Angreifer verblüfft stehen, schüttelte sich und entschwand in der Dunkelheit.

Klara lief zu rück zum Tor, fand schnell die kleine Pforte und alarmierte dann mit lautem Schreien den Türmer und die Bürgerwehr, die verschlafen aus den Diensträumen kamen. Man brachte sie in die Schankstube des Wundarztes, der sich ausführlich mit der jungen Frau unterhielt und sich genau erklären ließ, was sie soeben durchlebt hatte.

„So muss es sich auch abgespielt haben, als es den Lederer getroffen hatte. Nur er konnte sich nicht mehr wehren, denn seine Blankwaffe lag hier in meiner Stube, genau unter der Bank, auf der er zuletzt gesessen hatte."

„Von weitem hätte man meinen können, dass sich ein großer, schwarzer Vogel flatternd auf mich stürzten wollte, ich . . . "

„Was hast du da gesagt? Ein Vogel? Ein Rabe vielleicht?"

Klara nickte heftig: „Genau, ja. So sah es aus und sein Umhang wehte, als wären es die breiten Schwingen, die ihn aus dem Nichts zu mir gebracht hatten." Der Bader dachte sofort auch an den Landmann, der von einem Rabenvogel gefiebert hatte.

„Du hattest Glück und Mut. Aber warum traf es dich? Er wollte dich sicherlich nicht schänden, denn auch den Gottlieb hat es vor einigen Wochen schlimm getroffen, wohl auch aus dem Nichts. Und er war machtlos und wurde gemeuchelt. Ich wette fest darauf, dass auch Adam ein Opfer des schwarzen Ungetüms wurde. Du bleibst hier im Gasthaus, bis sich geklärt hat, warum du die nächste sein solltest." Sie war froh darüber, denn sie hätte sich geängstigt, alleine in ihrem Haus zu nächtigen, denn man wusste nicht, wann und wo das Ungetüm wieder zuschlagen würde. Pieter kratzte sich am Kinn, eine unbewusste Geste, die er immer zu tun pflegte, wenn er grübelte und keine Erklärung, keinen Ausweg fand.

„War es Zufall oder haben die brutalen Überfälle irgendetwas gemeinsam? Mal ein Mann, mal ein Weib. Scheinbar wahllos." murmelte er gedankenverloren mehr für sich.

„Wir übersehen etwas, da bin ich mir sicher."

Der nächste, tödlich Verwundete konnte noch der Wache leise stöhnend von einem riesigen, schwarzen Vogel berichten.

„Ich hab ihn greifen wollen, aber nur seinen Flügel erwischt, " flüsterte er, bevor er für immer die Augen schloss.

Wieder ward der Bader geholt, aber der konnte nur noch seinen Tod feststellen. Man kannte den Mann flüchtig, denn er kam mit Tuchhändlern regelmäßig zum Markt, diesmal einen Tag zu früh, denn er hatte hier ein Quartier suchen wollen.

Während man ihn auf eine Karre hob, damit ihn der Bader in seiner Stube untersuchen konnte, kam schnellen Schrittes ein vornehm gewandeter Mann auf die Gruppe zugelaufen.

„Wer ist es? Doch hoffentlich nicht Kilian?" Er konnte nicht daran gehindert werden, das grobe Linnen zurückzuschlagen. „Was ist ihm geschehen? Ist er gestürzt? So redet doch?" er griff den Arm des Toten und schüttelte ihn: „Kilian, so sag doch was! Was ist dir?" Er wollte nicht wahr haben, dass der Mann auf der Karre nicht mehr antworten konnte.

„So lasst ihm doch seinen Frieden! Wer seid Ihr denn?"

„Ich bin sein Geschäftspartner, Rudger der Tuchmacher und das ist … " er stockte und schaute verwirrt auf die leblose Hand, die unter dem Tuch hervorrutschte. Er hob sie hoch und zeigte auf die fest verkrampfte Faust seines Partners.

„Was hat er da?" Die Männer blieben stehen und Pieter bückte sich, um die Finger des Toten auseinander zu biegen.

„Kilian nennt man ihn", stotterte er: „Kilian den Stoffschneider. Wir kommen aus Flandern, drei Tagesreisen von hier und dann so was, " er kramte umständlich ein Tuch aus seiner Joppe, trocknete verstohlen seine Tränen und schnäuzte sich.

Derweil hatte der Bader die verkrampfte Hand geöffnet und starrte die Umstehenden an, als mehrere schwarze Federn, teils zerknickt auf den Boden schwebten. Kein Zweifel, der schwarze Rabe hatte wieder zugeschlagen und der Verstorbene wollte ihn am Flügel festhalten und riss dabei diese Federn aus.

Jetzt wurde er nur noch der schwarze Geisterrabe genannt, denn sein unverwechselbares Kennzeichen war nach Aussage einiger Zeugen die beidseitig geschliffenen, spitzen Krallen. Oder war es ein Dolch? Scharf, vergiftet oder verdreckt?

Wer jedenfalls davon gekostet hatte, und wenn es auch nur der geringste, kleinste Schnitt gewesen war, verstarb binnen einer Woche. Die Wunde konnte von keinem Bader, noch Medicus mehr versorgt, geschweige denn geheilt werden. Mochten die Heilkundigen all die Jahre zuvor ähnliche Verletzungen und Krankheiten auch noch so gut an etlichen Leuten kuriert haben, hier waren ihnen Grenzen aufgezeigt. Es konnte sich nur um Teufelswerk handeln, denn die winzigen Wundmale verfärbten sich zusehends in dunkles Blau, bis sie in eine schwarze, stinkende Kruste angenommen hatten. Ab diesem Zeitpunkt hatte der Verletzte nur noch Zeit, ein kurzes Gebet anzuhören, bevor er im fiebrigen Wahn kraftlos dahinsichte.

Angst ging unter den Leuten des Dorpes um, denn keiner wusste, wen er sich als nächstes holen würde und warum.

Der Marktbetrieb war ausgesetzt, denn es wollte niemand mehr ins Dorp kommen. Die Wachen wurden verstärkt, die Tore der umfriedeten, kleinen Siedlung noch früher fest verschlossen. Bisher hatte der schwarze Rabengeist nur vor den Toren gewütet, aber die Angst ging um, dass er auch bald innerhalb der Gassen sein nächtliches Meucheln fortsetzen könnte.

Die beiden Bader, der Medicus und die heilkundigen Mönche des naheliegenden Klosters berieten sich und gingen alle Möglichkeiten durch, die zu so schnellem Tod hatten führen können. „Der Satanus ist es!" meinte ein aufgebrachter Monk, während ihm schaumige Spucke aus den Mundwinkeln tropfte. Er schlug mit der rechten Hand schnell ein Kreuz, bevor er sich ängstlich umschaute und dann weiterredete: „Schaut doch nur die Umstände an. Im Augenblick holt er sich nur die Pächter der Häuser, die vor den Mauern unseres Dorpes stehen."

Er verbarg sein Gesicht und flüsterte leise weiter: „Bald wird er auch in den Gassen wüten und keinen mehr verschonen."

„Wir wollten die uns bekannten Krankheiten durchgehen, dann können wir uns der Hexerei widmen." Der arabische Medicus war unter ihnen geachtet und durfte solche Äußerungen wagen, ohne vom Inquisitor der Pfaffen eingesperrt und zur peinlichen Befragung vor den Kirchenältesten geschleppt zu werden.

„Mich wundert das Faulfieber, das die Kranken so schnell befällt, nachdem sie von ihm angefallen wurden. Es kann sich also nicht um eine herkömmliche Auszehrung, die rote Ruhr oder die Schwindsucht handeln, denn so kurzfristig befällt keinen eine solche Malad. Mir kommt nur eine Sache in den Sinn und das ist eine Unreinheit, eine Vergiftung, wie sie bei dem Schindler Jorris aufgetreten war, der im vergangenen Lenz so grässlich leiden musste, bevor ihn Allah zu sich holte."

„Gott hat ihn zu sich genommen, Achmed. Er war Christ, wie wir alle hier, " verbesserte ihn der Bader, der schon oft mit dem dunkelhäutigen Heiler zusammengesessen und von ihm gelernt hatte. Er wusste von seinem Traum, irgendwann wieder zurück in seine Heimat reisen zu können, seitdem er mit den Rittern als Gefangener aus dem Heiligen Land hierhergekommen war. Das war nun schon fünf Lenze und drei Monde her und Achmed war schon lange wieder ein freier Mann und konnte sich ungehindert bewegen, ja er war sogar mehr als gelitten und viele Bewohner würden sehr traurig sein, wenn er sich dazu entschließen sollte, tatsächlich zurückzugehen.

Ängstlich verließen die beiden Brüder vorzeitig die Schenke. Sie wollten in ihrem Haus sein, bevor sich der Schleier der Nacht über die Felder ausgebreitet hatte. Man konnte ja nicht wissen, ob dieser Rabenvogel wirklich noch sein Unwesen trieb und sich die friedfertigen Bürger holte, die außerhalb der Umfriedung unterwegs waren.

Es waren zwei Waisen, die zusammen den väterlichen Hof und die weiten Felder alleine bestellten. Der Ältere wurde Gregor gerufen, sein jüngerer Halbbruder Bert. Der Vater hatte sich nach dem Tod seines Weibes, das bei der Geburt des kleinen Bert im Kindbett verblutet war, wegen des armen Wurmes ein junges, neues Weib gesucht. Sie brachte den 5 Winter alten Gregor mit in diese Familie. So lebten sie mehr schlecht als recht weitere dreizehn Jahre auf dem Gut, als eine unheimliche Seuche beide Elternteile in zwei Tagen dahinraffte und die Buben mit dem Hof alleine ließen. Kein Knecht oder Gehilfe wollte nun bei ihnen bleiben, denn es ging das Gerücht um, dass es ein Werwolf gewesen sein musste, der die Erwachsenen gar fürchterlich zugerichtet und zerfleischt hatten.

Pieter war damals gerade im Dorp angekommen, als dieses Unglück über die Familie hereingebrochen war. Von einem gewaltsamen Ableben der Beiden, einem Kampf mit Unholden gar, war von ihm nie die Rede gewesen. Er wusste zwar nicht, welcher Malad sie erlegen waren, aber es war nicht so, wie das Erzählte, das allzu gerne von den alten Weibern schnell im Dorp verbreitet wurde.

War es Neid oder Missgunst, weil es sehr viel Landbesitz gab, oder war es pure Dummheit? Er hatte es nie herausfinden können, aber kümmerte sich ab und zu um das Wohlergehen der jungen Männer, die fleißig ihren Ernteertrag einholten.

Deshalb kamen sie auch zu ihm in die Schenke, denn er und seine Tochter behandelten die Beiden nicht wie Aussätzige.

An diesem Nachmittag war eine Unruhe über den Kleinen gekommen, die nun fast in Sichtweite ihrer Behausung waren.

„Siehst du", sagte Gregor beruhigend, „es ist alles in Ordnung. Du hast dich umsonst gesorgt, alles ist friedlich."

Sie konnten beide da noch nicht ahnen, dass sie in wenigen Augenblicken einem Unhold gegenüberstehen würden.

Der Rabenmann, der nach ihrem Leben trachtete, würde auch bei ihnen zur Tat schreiten und sie zum Schöpfer schicken.

Im Schatten der alten Scheune wartete er geduldig auf seine Opfer. Er trug wieder einen weiten, schwarzen Umhang, der jetzt an den Rändern mit Federn verknotet war. Offensichtlich nutzte man den Aberglauben der Bewohner und bestätigte damit die Mär, dass es sich um einen verwandelten Raben handeln würde. Die Kapuze verbarg seinen Kopf, vor dem Gesicht hatte er eine Pestmaske mit einer langen krummen Nase aus geteerter Pappe. Unter seinem Gewand hielt er einen feucht triefenden Dolch, der entsetzlich roch und der den unausweichlichen Tod für die Brüder bringen würde.

Als sie scherzend durchs Tor schritten und auf den Hof kamen, spürte der Kleine ein sonderbares Unbehagen. Vielleicht war es der Geruch von Verwesung oder seine Vorahnung kam zurück. Jedenfalls rief er seinem Bruder zu: „Hier stimmt was nicht! Das Tor zum Stall war fest verschlossen, als wir ins Dorp … "

Weiter kam er nicht, denn ein schwarzer Schatten hatte sich von der, mit Efeu überwucherten Wand des Hauses gelöst und stand hinter ihm. Alleine schon sein Aussehen ließ sämtliche Glieder erstarren und mit einer blitzartigen Bewegung fuhr ihm das Ungeheuer mit einer scharfen Klinge durch die Kehle.

Sein Hilferuf erstickte in einem gurgelnden Geräusch, er presste beide Hände auf die aufgerissene Wunde und ein Blutschwall schoss warm durch seine Finger. Gregor hatte die warnenden Worte zwar vernommen, stand aber hinter der Mauer und schöpfte mit den Händen Wasser aus dem Brunnen.

„Was ist denn? Spinnst du schon wieder? Geh schon mal ins Haus, ich werd noch im Stall nach den Tieren sehen".

Er schob das halb geöffnete Tor weiter auf und wollte gerade hinein gehen, als sich sein eigener Schatten verdoppelte … jemand stand unmittelbar hinter ihm. Er sprang zur Seite, ergriff eine Mistgabel und versuchte sich damit zu wehren … Aber gegen was wollte er sich wehren? Er stand alleine in dem Dämmerlicht der Scheune und kam sich sehr albern vor.

„Lass die Späße! Ich sagte dir doch, geh ins Haus. Bald hätte ich dich aufgespießt, du Narr!"

Er warf wütend und verwirrt den Holzstiel mit dem Dreizack in eine Ecke und ging zu den Pferden, die ruhig an der Seite angebunden auf frisches Heu warteten.

Plötzlich wieherte der Hengst, bäumte sich auf und trat mit den Vorderhufen in die Luft. Er zerrte und riss an dem Hanfseil, bis es endlich nachgab und den Vierbeiner in Panik freigab.

So hatte Gregor das gutmütige Tier noch nie erlebt, dass noch tiefer in die Tenne zurücklief. Zu spät deutete er diese Warnung seines Pferdes, denn der stechende Schmerz, der ihm in den Rücken fuhr, kam für ihn völlig überraschend. Er wollte sich in einem letzten Reflex noch umdrehen, aber ein starker Arm hielt ihn von hinten um den Hals gepackt, als ein weiteres Mal das scharfe, todbringende Eisen in seine Lenden fuhr. Diese zweite Verletzung ließ sein linkes Bein einknicken. Die kraftvolle Hand hatte ihn losgelassen und gefühllos auf den staubigen Boden sinken lassen. Während sich langsam das dunkle Tuch der Schattenwelt über seine Augen legte, flatterte der Umhang wieder zum Tor, behände sprang der Unwicht über das geschlossene Gatter und lief über den steinigen Weg, bis ihn der Nebel und die aufziehende Dunkelheit ganz verschluckte.

Der meuchelnde Geist des Raben hatte ein weiteres Mal mit brutaler Härte zugeschlagen.

Das Unheil nahm seinen Lauf

„Der Steinhauer war es!" rief ein aufgeregter Händler durch die leeren Gassen. Die Morgensonne hatte gerade die ersten, schwachen Strahlen auf die strohgedeckten Dächer geworfen. Der nächtliche Tau klebte noch an den spärlichen Gräsern, die den Anger umgaben und ein paar Nebelfetzen wurden träge durch den schwach aufgekommenen Wind zur Kapelle geweht. Auch wenn die Färber ihre schweren Tonkrüge, gefüllt mit dem Urin der nächtlichen Heimkehrer, abgeholt hatten, war es für die meisten Bewohner noch nicht an der Zeit, ihre warme Bettstall zu verlassen. In den Feuerkörben an den Häuserecken, glimmte noch der Rest von aufgeschichteten Holzscheiten.

„Wer schreit denn da Zeter und Mordio? Bist du von Sinnen? Die Hähne haben uns noch nicht geweckt, ist das nun deine Aufgabe, Fremder?" Der Schmied stand völlig verschlafen und unwirsch dreinschauend neben seiner Werkstatt.

In der rechten Hand hielt er einen, gut vier Pfund schweren Fäustling, mit der linken seine Beinlinge, die ihm drohte herunter zu rutschen. Ungeachtet der drohenden Gebärde kam der Fremde auf ihn zu. Völlig außer Atem wiederholte er seine Worte beschwörend: „So glaubt mir doch, man sucht hier im Dorp doch nach einem schwarzen Raben, der eure Leute bedroht, so hab ich`s in der Stadt gehört. Wo ist das Haus des Schultheißen? Ich werd ihm kundtun, was du anscheinend nicht hören oder verstehen willst!"

Der Schmied zeigte auf das Zeughaus, dessen Fensterläden mit roten und weißen Dreiecken gekennzeichnet waren.

„Versuch dein Glück, aber mach`s zaghaft. Der hohe Herr mag keine Radaubrüder und wehe, du lügst ihn an." Er murmelte noch ein paar unverständliche Worte, die der aufgeregte Mann aber nicht mehr wahrnahm, denn er war schon auf dem Weg. Er rannte zu dem stattlichen Gebäude, nahm die breiten Stufen in drei Sprüngen und pochte mit dem Stock auf die Eichentür. „Es ist von Wichtigkeit, es brisiert, Herr!" rief er und bemerkte in seiner Erregung nicht, wie sich eine Schar Schaulustiger, einer Traube gleich hinter ihm versammelten.

Endlich wurde ein Fensterladen zur Seite geklappt und ein Spießbürger reckte sein Haupt heraus. Bevor er etwas sagen konnte rief der Fremde: „Ihr seid doch nicht der Schultheiß … weckt ihn, denn ich habe eine wichtige Kunde. Es geht um den Raben, der hier bei euch meuchelnd herumfliegt."

Jetzt kam Bewegung in die Sache. Die Leute tuschelten und berieten sich, teils ängstlich, manche erleichtert und zu allem bereit. Nach einem kurzen Rumoren öffnete sich knarrend die schwere Tür und drei Milizionäre traten heraus. Man sah, dass sie sich in aller Eile ihre Katzbalger umgeschnallt und die Hellebarden gegriffen hatten. Einer trug noch nicht einmal etwas an seinen Füßen. Dann kam Theodorus, der Amtmann. Theodorus vom Busch, niederer Landadel, in rotem Umhang gewandet, schaute er erhobenen Hauptes auf den Störenfried, den man wieder von den Stufen herunter auf die Gasse geführt hatte und der jetzt von zwei Bürgern der Miliz an seinen Armen gehalten wurde. „Was wollt ihr von mir?" Der Händler schüttelte die Arme ab und schaute die Männer verächtlich an. „Ich war auf der Durchreise in die niederen Landen und musste Quartier in Cöln machen", er deutete mit der ausgestreckten Hand in eine Richtung und ergänzte dann: „unten am Fluvius. Das Stapelrecht, Ihr wisst schon. Also war ich gestern auf dem Weg zu Euch, um hier bei Euch ein Marktrecht für meine Stoffe zu erwerben, so noch etwas von den feilgebotenen Waren in Cöln übrigbleibt, sei`s drum. Auf dem Weg hierher kam mir zu Ohren, dass bei euch ein schwarzer Rabenvogel meuchelnd herumfliegt und harmlose Bürger und Landsleute angreift. Stellt Euch vor, ich hab ihn gesehen! Er ist. . . . "

Die Gasse bekam Ohren und der Amtmann entschloss sich

deshalb, die Dinge mit ihm in seiner Dienststube zu bereden.
„Genug, seid ruhig. Führt ihn zu mir. Ich werde ihn anhören."
Er drehte sich zur Tür und als er bemerkte, dass sich etliche
Leute hineindrängen wollten, ergänzte er unmissverständlich:
„. . alleine! Er alleine!" Dann war er im Gang verschwunden
und man hörte nur noch dumpf, wie er befahl den
Schriftkundigen zu wecken und diesen geschwätzigen Fremden
von einem Soldaten in seine Amtsstube führen zu lassen.
Bald war die Eichentür wieder fest verriegelt und die Leute
standen noch eine Weile unschlüssig herum und tuschelten
hinter vorgehaltener Hand, bevor sie auseinanderströmten, um
ihre eigenen Vermutungen allen anderen Neugierigen zu
verkünden. Sie verknüpften dabei Gehörtes, Erdachtes und
abenteuerliche Hirngespinste, die sie mit ihren Schilderungen
weitergaben und so kam es, dass sehr bald verschiedene
Darstellungen dieses Ereignisses von Mund zu Mund gingen.
Geschichten waren entstanden, die absolut nichts mehr mit der
Realität zu tun hatten, bevor der Amtmann die ersten Fragen an
den Kaufmann gestellt hatte.

In der Schenke

„Daniel, der Steinhauer? Was redet ihr denn da?"
Man hatte dem Wundarzt eine, dieser verdrehten Darstellungen erzählt und Pieter kratzte sich wieder einmal das Kinn.
Das war die dritte Geschichte, die ihm voller Eifer mitgeteilt wurde. Man schien sich daran zu ergötzen, einen Schuldigen gefunden zu haben, der als Diener des Satanus, in Gestalt eines Rabenvogels gemeuchelt hatte. Was ging da vor sich?
Er musste Gewissheit haben, denn er kannte den Arbeiter, der da beschuldigt wurde, nur zu gut. Ein einfacher Mann mit grobem Gesicht, dicken Schwielen an den Innenflächen seiner Hände und ein lammfrommer Christ, der keinen Kirchgang ausließ. Ausgerechnet der sollte im Stande sein, sich zu verwandeln und als Rabenvogel des nächtens scheinbar wahllos hiesige Bewohner anzugreifen und zu meucheln?
Er zog seine Joppe über, rief Cathrin zu, dass er in einer dringenden Angelegenheit ins Zeughaus müsse und eilte auf die Gasse, um sich Klarheit zu verschaffen, denn er wusste, dass die Wunden, die er bei den Überfallenen gesehen und begutachtet hatte, nicht von einem Vogel stammen konnten.
Das Zeughaus war verschlossen, was zu dieser Mittagszeit äußerst ungewöhnlich war. Pieter ging um das Gebäude herum, stieg über den halbhohen Bretterzaun und näherte sich durch den angrenzenden Garten dem kleinen Tor, das die Bürgermiliz benutzte, um ihren Dienst als Wache anzutreten.
„Halt, wo wollt Ihr hin?" Er spürte einen harten Gegenstand in seinem Rücken und drehte sich vorsichtig um.
„Bodo, was soll das? Erkennst du mich nicht mehr?" Der Angesprochene zögerte, ließ aber sein Hellebarde nicht sinken.
„Bader, versteh mich. Ich tue nur meine Pflicht, denn wir müssen einen Hexer greifen. Die Beweise sind erdrückend."
Jetzt senkte er endlich den langen Spieß und kam ein wenig

näher. „Ich hätte niemals gedacht, dass es Daniel ist, der sich in einen Raben verwandelt und so sein Teufelswerk ausübt." Pieter merkte sofort, dass man nicht mit den Wachmann reden konnte. Der normale Menschenverstand schien ausgelöscht. Einschließlich des Schultheißen, der die sofortige Arrestierung des Steinhauers befohlen hatte. Man wollte ihm, so erfuhr er weiter von dem geschwätzigen Bürger, der seine Aufgabe als Milizionär sehr ernst nahm, ein Exempel statuieren und nach langer Zeit wieder einmal einen Prozess gegen den Satanus führen. Vor zehn Lenzen waren es vornehmlich Weiber und schwarze Katzen gewesen, die man auf dem Richtplatz verbrannt hatte. Pieter hörte nur davon, denn zu diesem Zeitpunkt wohnte er noch im benachbarten Cöln. Erst vor sechs Wintern hatte er sich durch den Kauf eines kleinen Hauses und der Gaststätte hier im Dorp sein Wohnrecht hinter den schützenden Mauern erkauft und seit dieser Zeit übte er sein Amt als Bader aus, während seine Tochter die Schenke führte. „Ich muss wieder rein", sagte Bodo. „Es brisiert, denn dieser Unwicht soll nicht noch einmal die Gelegenheit dazu haben, sich als Federvieh einer unschuldigen Seele zu nähern und ein weiteres Mal im Auftrag des Satanus zu meucheln!"
„Was redest du denn da? Ist das Urteil schon gesprochen, bevor man seiner habhaft wurde? Ist das deine Meinung über Daniel, mit dem du angeblich die Sauen des Dorpes zum Fressen in den Wald getrieben hattest?" Bodo wurde verlegen. Woher wusste der Bader davon? Er weilte doch erst seit fünf oder sechs Wintern bei ihnen hier im Dorp. „Es ist, wie es ist. Misch dich nicht ein oder bist du sein Fürsprecher? Auch ein Gehilfe des Satanus, womöglich?" Pieter spürte, dass es unmöglich war, dem dumpen, einfachen Mann auf die Schnelle logisches Denken beizubringen. „Es war eine einfache Frage, Bodo. Ich habe mitnichten etwas mit dem Höllenmeister gemein!"
Bodo nickte und verschwand in der Hintertür. Hoffentlich

würde er seine verdächtigenden Äußerungen nicht weitergeben. Ein gefährlicher Keim schien sich in die Hirne der urbanen Bewohner eingenistet zu haben, denn seine Denkweise war beileibe nicht die einzige Meinung. Pieter musste sich hüten, seine wahren Gedanken laut auszusprechen, denn nach den Erzählungen der Alten hatte damals niemand den peinlichen Befragungen standhalten können und wurde gefesselt in den Weiher gestoßen oder ein Fraß der Flammen.

Es brodelte und insgeheim schickte der Bader ein Stoßgebet zum Himmel, in der Hoffnung, dass es diesmal einen gerechten Gott geben möge, der solches Unheil nicht zulassen würde.

Pieter konnte nicht verhindern, dass die aufgebrachte Menge so aufgehetzt worden war. Wie sollte er es dann aber schaffen, die Unschuld des Steinhauers zu beweisen, ohne sich selber in größte Gefahr zu begeben. Bricht erst einmal ein Sturm los, so kann man sich nur noch zurückziehen und verstecken. Er ging zurück, durfte nicht auffallen, auch zum Schutz seiner Tochter.

Da strömten die Menschen an ihm vorbei, angeführt von dem Amtmann. Der Wundarzt sah ein lüsternes Glänzen in manchen Gesichtern und vor allen Dingen in den lechzenden Augen des Schultheißen, der mit schaumigem Mund an ihm vorbeieilte. Hatte der doch mit Nachdruck darauf bestanden, den Hexer, wie der arme Wicht jetzt nur noch genannt wurde, auf dem Scheiterhaufen brennen zu sehen.

Was war geschehen? Und wie war der Steinhauer in diese verzwickte Lage geraten?

Nach Aussage des Händlers wollte dieser gesehen haben, dass ein schwarzer, großer Vogel in der Dämmerung unter das Dach des Beschuldigten geflogen war und verschwand. Unmittelbar danach, so brachte der Händler aufgeregt weiter zu Protokoll, kam der Steinhauer ins Freie, klopfte seine verdreckte Kleidung ab, lachte wirr und ging zurück ins Haus.

Es bestand daher kein Zweifel, dass er sich soeben wieder in seine menschliche Gestalt zurückverwandelt hatte.

Das war sein Todesurteil. Trotz peinlicher Befragungen blieb Daniel erschöpft bei seiner Behauptung, lediglich den Stall gesäubert zu haben … von einem schwarzen Vogel, der wohl ohne sein Wissen ein Nest unter dem Strohdach haben müsste, wusste er wirklich nichts.

Es half ihm nicht mehr. Weitere Zeugen wurden nicht gefunden oder nicht zugelassen. Das Urteil war von vorneherein klar und wurde am nächsten Morgen, in aller Frühe vollstreckt.

Es war, als hätten sich viele Mitbürger danach gesehnt, endlich wieder einer Hinrichtung beizuwohnen.

War es doch seit langer Zeit so, dass in ihrem kleinen Dorp kein Todesurteil mehr vollstreckt wurde, denn die meisten Verhandlungen und Bestrafungen erfolgten in der großen Stadt am Rhenus, dem Bistum Duijtz, das frühere Castelum Divitia.

Allgemeine Erleichterung machte sich im Dorp breit. Jetzt könnte man wieder unbehelligt seiner Arbeit nachgehen, den nächtlichen Heimweg antreten und gefahrlos über die weiten Felder laufen. Der schwarze Schlitzer oder wie man ihn öfter nannte, dieser Rabenvogel war für alle Zeiten ausgelöscht.

Dem Satanus war sein perfides Handwerk gelegt und seine Seele konnte niemandem mehr schaden, denn Flammen hatten eine reinigende Wirkung auf das Teufelswerk.

Es kehrte wieder Ruhe ein und niemand wollte mehr ein einziges Wort darüber verlieren. Natürlich wurde die Hütte des Steinhauers, die sich in Sichtweite der Dorpmauern befand ebenfalls ein Opfer der Flammenglut.

Das Grundstück übernahm großmütig der Schultheiß, der an gleicher Stelle ein warnendes Kreuz aufstellen ließ.

Wochen vergingen, der Herbst zog mit starken Stürmen durchs Land und fegte die Blätter von den Bäumen.

Nach einer bestimmten Reihenfolge durfte nun auch der Bader vom Recht der Allmende, dem gemeinschaftlichen Eigentum der Dorpbewohner, zum Holzschlag in den Wald gehen, um sich Brennmaterial für den bevorstehenden Winter zu holen.

Er hatte seinen Leiterwagen gerade beladen, als ein altes, zerlumptes Weib aus dem Gestrüpp direkt auf ihn zukam.

Als sie ein verunglücktes Lachen versuchte, schaute der Bader erschrocken auf die dunklen Stumpen in ihrem offenen Maul.

„Weib, was willst du?" fragte er, bevor sie ihn erreicht hatte.

Sie schien die Blattern zu haben oder eine noch schlimmere Malad und er wollte den nächsten Winter noch erleben, ohne mit einem Zipperlein die Bettstall hüten zu müssen.

„Ihr seid Narren", krächzte sie, „der Steinhauer, Daniel musste doch nur sterben, damit ihr nicht hinter die Wahrheit kommt. Habt Augen und seht doch nichts, habt Ohren und hört nichts. Dumm seid ihr wie das Vieh auf der Weide." Sie lachte, schlug sich auf den Bauch und humpelte wieder zurück ins Gebüsch.

Pieter stellte ihr nach, bog die Äste auseinander, aber sie war weg. Er stand alleine auf der Lichtung und zweifelte an seinem Verstand. Die Alte war doch zu ihm gekommen und er hatte gehört was sie sagte. Sollte das ein Hirngespinst gewesen sein?

Er ging zum Wagen und nahm einen kräftigen Schluck aus dem Lederbeutel, den er mit verdünntem Wein bei sich trug. Dann schüttelte er mit dem Kopf, spannte den geliehenen Ochsen vor die Karre und trat den Heimweg an.

Er war völlig erschöpft, als er das Brennholz abgeladen und im Schuppen hinter den Schenke aufgestapelt hatte. Dann brachte er den geliehenen Ochsenkarren zurück in den Stall des Ackerer Caspar. Der saß derweil bei Cathrin und genoss ein reichhaltiges Mahl als Gegenleistung für das Gespann.

Als er die Schankstube betrat, herrschte eine betretene Stille. Zunächst dachte er sich nichts dabei, nickte Caspar zu und erklärte, dass er die geliehenen Sachen zurückgebracht hatte.

Cathrin kam zu ihm, zog ihn am Ärmel hinter einen dicken Vorhang und flüsterte ihrem Vater ins Ohr. Die Kunde, die er da von ihr hörte, verschlug ihm die Sprache: „Es ist wieder passiert, wie soll das geschehen sein, wenn doch der Satanus gebändigt war?" Er nahm einen Becher, schüttete ihn halb voll Brandwein: „Wer diesmal?" fragte er und Cathrin antwortete: „Klothilda und ihr Mann Gerfried, der Radmacher." Pieter taumelte zurück auf die Holzbank, neben der Feuerstelle. Während er einen Schluck nahm, hörte er die Alte keifen: „Habt Augen und seht nichts, habt Ohren und hört nichts" „Brauchte man mich nicht?" fragte er und Cathrin antwortete: „Nein. Der Schultheiß ließ den Medicus kommen, nach dir hat er nicht gefragt. Das wäre jetzt seine Arbeit. Dann ergänzte er, der Steinhauer habe aus der Hölle zugeschlagen. Wie soll das gehen, Vater?" Pieter hatte keine Antwort und gebot ihr, nicht zu sinnen, denn es waren unberechenbare Zeiten angebrochen. Nichts war danach mehr, wie es gewesen war.

Misstrauen, Panik und Angst hatten sich in die Köpfe der Menschen genistet und keiner wagte es mehr alleine vor die Mauern des Dorpes zu treten.

Ja man diskutierte sogar darüber, ab es nicht besser wäre, keine Feuerkörbe aufzustellen, um dem Raben die Sicht zu nehmen.

Abenteuerliche Geschichten kursierten in den Gassen und in der Schenke wurde nur noch sehr zaghaft dem vergorenen Saft der Reben, dem gewürzten Abendbier oder womöglich dem Branntwein zugesprochen.

Man hatte Angst, allzu trunken und dadurch wehrlos dem meuchelnden Federvieh ausgeliefert zu sein.

Einzig Theodorus vom Busch, der Schultheiß schien der Futur zuversichtlich entgegenzusehen. Warum sollte er denn sonst die brach liegenden Ländereien, samt den darauf befindlichen Gebäuden außerhalb des Dorpes von den Erben, so welche gefunden wurden, günstig erwerben.

Einerseits wollte natürlich niemand mehr hier ungeschützt dem schwarzen Vogel ausgeliefert sein, aber andererseits bekam der Bader nun Zweifel, ob es rechtens war, für so wenige Gulden das gute, fruchtbare Land wegzugeben.

Er stand jedoch mit dieser Meinung, die er öffentlich nicht kundtat, vollkommen alleine. Das hörte er bei den vielen Unterhaltungen in seiner Schenke immer wieder. Lediglich seiner Cathrin vertraute er sich an. Allgemein war man im Dorp froh darüber, dass sich der gutmütige Schultheiß bereit erklärte, den anverwandten Erben wenigstens ein paar Münzen zukommen zu lassen, auch wenn der wahre Wert erheblich höher einzustufen war.

Bald gehörten dem Amtmann etliche Areale außerhalb des Dorpes, vier größere Ländereien, die Kapelle und der Gottesacker nicht eingerechnet.

Pieter ließ der Gedanke nicht los, dass der Schultheiß etwas mit den Meuchelmorden zu tun hatte. Zuerst waren nur vage Vermutungen gewesen, aber je mehr er darüber nachdachte, umso mehr verstärkte sich sein Verdacht.

Wer profitierte von den Verbrechen?

Wer war nur allzu froh darüber gewesen, dieses unsägliche Gerücht zu verstärken und dann den armen Daniel als Sündenbock vorzuführen und schnell verurteilen zu lassen?

Immer wieder kam er zu dem Schluss, dass Theodorus irgendwie damit verstrickt war. Nur die Beweise fehlten, noch.

Der Wundarzt wartete den Schutz der Nacht ab, schlich durch die Obergasse, am Anger vorbei und war schließlich am Zeughaus angekommen. Ihm kam die sternenklare Nacht zugute, denn mit einer Fackel wäre man auf den nächtlichen Streuner sofort aufmerksam geworden. Jetzt, wo der Schultheiß angeordnet hatte, abendliche Wachgänge durchs Dorp zu machen, um angeblich weitere Scharmützel im Vorfeld zu erkennen und zu verhindern. Zwei Mal war er schützend zurückgewichen und hatte sich versteckt, als die beiden Wachen laut polternd durch die Gassen stampften.

Jetzt war er am Zaun hinter dem Zeughaus, setzte zum Sprung an und schlich anschließend zur Hintertür. Er dachte dankbar an den Schmied, zwei Nächte zuvor in der Schenke prahlte, jedes Schloss mit einem gekrümmten Eisenstift öffnen zu können. Pieter ließ sich von dem trunkenen Handwerker an seiner eigenen, verschlossenen Tür zeigen, wie er das bewerkstelligte. Bewundernd, ob des Erfolges, gab er dem Schmied einen ordentlichen Schluck seines gebrannten Weines. Dieser zusätzliche Trunk war wohl ein wenig zuviel für den Mann, der danach torkelnd nach Hause musste und nicht bemerkt hatte, dass nun der Bader im Besitz dieses Eisenstiftes war. Er hatte ihn an sich genommen, zur sicheren Verwahrung, versteht sich natürlich.

Er benötigte drei Versuche, dann gab das Schloss nach und der Bader verschwand in der Dunkelheit des Steinhauses, dessen Kellergewölbe er des Öfteren von innen gesehen hatte, als er zur Behandlung von Verbrechern hierher geholt worden war. Diese Kenntnis kam ihm nun zugute. Alles schien still und friedlich, nichts deutete darauf hin, dass sich jemand in der unteren Etage aufhielt. Die Stube der Bürgermiliz war in Anbau, das Schlafgemach des Amtmanns im oberen Trakt.

Was suchte er hier? Welche Beweise sollte es hier geben? Zu spät stellte er sich diese Frage, denn es war wohl ein innerer Drang gewesen, der ihn hierher geführt hatte. Da! Was war das für ein Geräusch? Ratten? Ungetier?

Er horchte in die Dunkelheit, die sich ein wenig lichtete, als die vorbeiziehenden Wolken den hellen Mondschein durch die Windluken scheinen ließen. Das Zeughaus war eines der wenigen Gebäude, die teure Christales in den Fensterrahmen hatten, die das Licht ungehindert in die Räume ließ.

Da war dieses Geräusch wieder! Es kam von unten. Er schlich zu der Holzverkleidung, die unter dem Treppenaufgang war. Von hier hatte er es vernommen und tatsächlich fand er hinter dem dicken Wandteppich eine versteckte, kleine Tür, die einen Spalt weit offen stand. Vorsichtig stieg der Bader hinein und hörte eine aufgeregte Unterhaltung zwischen zwei Männern. Eine Stimme gehörte zweifellos dem Schultheiß, die andere hatte er schon gehört, konnte sie aber keinem zuordnen.

„Hier sind die Sachen sicher", sagte der Schultheiß, „was willst du mehr? Wer sollte denn auf die absurde Idee kommen, ausgerechnet hier nachzuschauen? Die Sache ist erledigt und jetzt müssen wir ein wenig Geduld aufbringen … "

„Erledigt? Ich habe damit angefangen und werde nicht ruhen, bis der letzte Pächter aufgegeben hat oder unter der Erde ist. Habt Ihr die alte Walburga vergessen? Rudger, den Scheffen, oder Herwart, den Krämer, " weiter kam er mit seinen Ausführungen nicht, denn er fiel man ihm barsch ins Wort.

„Schweig! Rudger ist ein Amtmann, wie ich. Er ist tabu. Das hatte ich dir schon einmal gesagt und was willst du noch? Warum erwähnst du verbliebene Eigentümer und Pächter? Wir können nicht weitermachen und alles damit erklären, dass es dem Steinhauer immer noch postum aus der Hel möglich sei, weiter zu meucheln. Man würde nur Misstrauen sähen. Ich muss einen anderen Weg finden, um die Wiesen und Äcker an mich zu bringen. Und du hältst derweil die Füße still, sonst … " er hatte wohl den Satz mit einer drohenden Gebärde beendet, denn der andere schwieg daraufhin. Laute Schritte kamen in dem Gang näher. Der Lichtschein wurde heller und Pieter konnte gerade noch rechtzeitig hinter einer Stützsäule Schutz finden, bevor zwei Männer dicht an ihm vorbei kamen. Jetzt erkannte er auch den Zweiten und ihm stockte der Atem.

Was hatte der Schultheiß mit dem Köhler gemein, der als Waldarbeiter selten im Dorp war und als Eigenbrötler galt.

Die Männer stiegen gemeinsam die Steinstufen herauf und Theodorus beschwor den Begleiter eindringlich, seine Arbeit einzustellen. Worum es dabei ging wurde nicht erwähnt.

Dann wurde die Holztür verschlossen und Pieter stand in dem stockdunklen Gang, den er noch nie zuvor betreten hatte und von dem mit Sicherheit auch die Wachleute keine Kenntnis hatten. Er tastete sich nach einigen Minuten vorsichtig an der rauen Wand entlang, bis er mit den Füßen an die unteren Stufen der Treppe stieß. Es roch nach Moder und Verfaultem, trotzdem holte der Bader tief Luft, um sich etwas zu beruhigen.

Nichts hatte er erreicht. Nun saß er im Keller des Zeughauses, während draußen die Wache patrollierte und über ihm die beiden Männer standen … oder waren sie weg?

Er musste es riskieren, wenn er nicht erwischt werden wollte.

Oben angekommen tastete er die Tür ab, um ein Schlüsselloch oder eine Türklinke zu finden, ohne Erfolg.

Er lehnte seinen Kopf seitlich gegen die Tür, um zu horchen.

Wider Erwarten gab der Bretterverschlag knarrend nach.

(Anders konnte man die einfache Tür nicht nennen, die wohl als Geheimtür der Holzverkleidung angepasst war)

Im Flur war alles ruhig und Pieter gelangte ungesehen zur Hintertür, die noch offen war. Drei Schritte, dann war er wieder am Zaun, sprang hinüber und tauchte in die Dunkelheit der Nacht. Von den nächtlichen Wachen traf er niemanden mehr und erreichte nach einer halben Stunde die Schenke, die er durch die Hintertür betrat, denn Cathrin hatte den schweren Eisenriegel vor die Eingangstür geschoben und nur dank seines „geliehenen" Stiftes konnte er das hintere Schloss öffnen, zu dem er keinen Schlüssel mit sich führte.

Als er unter das wärmende Fell seiner Bettstall kroch ging ihm immer wieder durch den Kopf, was wohl der Köhler mit den Schultheiß zu tun haben könnte. Er wusste nur, wo seine Hütte im Wald war, seinen Namen kannte er nicht.

Was für eine Nacht. Er hatte viele Informationen bekommen, konnte erahnen, worum es dabei ging und mit welch perfidem Plan sich der Schultheiß mit Hilfe des Köhlers bereichern wollte, zum Teil schon hatte. Nur die Kenntnis darüber zu haben genügte nicht. Das auch zu belegen und Beweise dafür zu finden, würde ein heikles, schwieriges Unterfangen werden. Er stand alleine da, wem sollte er solche Verdächtigungen denn anvertrauen, ohne selbst als Gehilfe des Satanus gebrandmarkt zu werden? Cathrin war sein eigen Fleisch und Blut. Sie konnte er unmöglich mit zu Rate ziehen, sie war impulsiv und würde sofort mitmachen, aber was, wenn es schief gehen würde?

Nein, er müsste jemanden finden, der seiner Meinung war und unvoreingenommen die Sache angehen würde. Die Amtsleute des Dorpes schieden aus, denn sie waren dem Schultheiß unterstellt und würden wohl nicht gegen ihn aussagen.

Da fiel ihm der Alchemist ein, der das Heim am Eigenstein direkt in der Stadtmauer zu Cöln von dem ehemaligen Mönch übernommen hatte, nachdem man ihn und sein Weib Alma doch noch der Hexerei angeklagt hatte. Er wüsste Rat, denn schon als Kind war er oft bei ihm gewesen, hatte sogar im Gewölbe seines Hauses beim Herstellen der geheimen Tinkturen zuschauen dürfen. Er wurde von dem zehn Winter älteren Jüngling damals betreut, wenn seine Mutter wieder einmal in der Schenke zum Anschaffen war ... und das geschah sehr häufig, denn sie hatte drei Bälger zu versorgen.

Die Augen wurden ihm schwer und im Halbschlaf murmelte er: morgen früh, morgen fahre ich nach Cöln. Dann umfing ihn der kleine Bruder des Todes, der auch Tiefschlaf genannt wurde.

Der Morgendunst zog noch durch die Gassen, als er schon auf den Beinen war, sein Wams schnürte, das Messer in die Scheide am Gürtel steckte und so gewappnet an die Tür seiner Tochter klopfte: „Cathrin," flüsterte er zaghaft und nach einer Weile hob sie ihren Kopf, von dem man kein Gesicht, sondern nur wild zerzauste Haare sah. „Cathrin, ich muss weg. In gut einer Woche bin ich wieder hier. Schlaf dich ruhig aus."

Ihr Kopf wackelte, was wohl ein „ja, hab verstanden" heißen sollte. Dann fiel ihr Haupt in die Kissen und sie atmete entspannt tief durch. Pieter schloss ihre Tür und vermied dabei, dass sie zu sehr knarrte. Er nahm die Wegzehrung, eine Decke und die Lederflasche, gefüllt mit verdünntem Bier und klopfte kurze Zeit später er an die Tür des Caspar, von dem er die Ochsenkarre geliehen hatte. Seine eigene Stute hatte ein Fohlen und deshalb wollte er sie noch schonen.

„Ich bin`s Pieter, der Bader." Es dauerte eine Weile, bis der Schlüsselbund klimperte, ein Eisenstift im Schloss rumorte und schließlich der vorgeschobene Riegel mit wuchtigem Ruck zur Seite geschoben wurde. Dann stand Caspar vor ihm.

Zu seiner Überraschung war er schon vollends angezogen. „Ja", fragte er: „schon wieder ne Leich?" „Nein, " sagte Pieter, „ich muss nach Cöln und wollte um die Ochsenkarre bitten." „Damit brauchst du ewig! Ich gebe dir meine beiden Grauen. Einer trägt dich, der zweite Gepäck und Wasserschlauch."

Als er mit den Vierbeinern in der Gasse stand, verabschiedete er sich vom Ackerer, der solche Gefälligkeit für ihn nicht aus Nächstenliebe tat. Wusste er doch noch zu gut, dass der Bader ihm die ausgerenkte Schulter, und zwei Winter später seinen gebrochenen Arm mit Erfolg gerichtet hatte.

Das große Süd Tor hatte er hinter sich gelassen und musste anerkennen, dass es mit den robusten Eseln ein besseres, zügigeres Vorankommen war, als mit dem störrigen Ochsen, der oft stehenblieb und selbst mit der Knute und einem festen Zug am Nasenring nicht weiterging, wenn's ihm nicht passte. Während er auf der befestigten, alten Römerstraße durch die Felder in Richtung Rhenus ritt, dachte er verträumt an seine Kindheit zurück und ein Hauch von Wehmut erfasste ihn für einen kurzen Augenblick.

Dann riss er sich aus den düsteren Gedanken seiner Erinnerung und schaute von der kleinen Anhöhe ins Tal. Dort lag Cöln, an den silbern glänzenden Lindwurm gelehnt, der Rhenus genannt wurde und der sich bis Flandern durch die Felder schlängelte. Von hier konnte er deutlich die Sandbank erkennen, die sich im Fluvius gebildet hatte. Während die Kähne nahe des Cölner Ufers abwärts mit der Strömung im gleissenden Licht der untergehenden Sonne verschwanden, schwammen von dieser Seite des Ufers aus, dicht nebeneinander mehrere floßartige Gebilde, auf denen Holzhütten standen. Wie eine Perlenkette aufgereiht, schienen sie bis zur Sandbank im Fluvius zu stehen. Sie waren miteinander vertäut und auf dem Grund verankert. Solche schwimmenden Hütten waren ihm zuvor noch nie zu Gesicht gekommen und später erfuhr er, dass es sich um Mühlen handelte, deren beidseitig angebrachten Schaufelräder durch das fließende Wasser angetrieben wurden.

Er stieg ab und führte seine grauen Begleiter den steinigen Weg hinunter zum Ufer. An der hiesigen Fährstelle waren schon etliche Menschen versammelt und so musste er warten, bis der Bootsmann zum zweiten Mal ans Ufer zurückkam. Nun wurde auch er mit den zwei Maultieren für zwei bergische Groschen übergesetzt. Als sie an den Hütten vorbeigezogen wurden, hörten sie deutlich das gleichmäßige Schlagen der Wasserräder. Auf der Cölner Seite wurden gerade zwei Lastkähne vertäut, die von mehreren Gäulen gegen die Strömung bis hierher gezogen worden waren. Die schweren Pferde hatten Klappen vor ihren linken Augen, um sie bei ihrer Arbeit nicht von der glänzenden Wasseroberfläche blenden zu lassen.
(In späteren Jahren würde man wohl deshalb die Duijtzer Seite des Fluvius die „Scheele Sick" nennen!)
Es war noch eine gute Stunde, bis man die Stadttore für die bevorstehende Nacht abriegeln würde. Pieter hatte genug Zeit

und ließ die hektischen Leute an sich vorbei, um dann gemütlich seinen Weg fortzusetzen. Die Kontrolle am Tor wurde halbherzig von den übel nach Branntwein und Schweiß riechenden Wachen erledigt und erst nach einer halben Stunde stand er am Eigelstein. Es hatte sich kam etwas verändert, seitdem er von hier fortgegangen war. Ein paar Häuser waren farbig angemalt, manche sogar neu gedeckt. Diesmal hatte man an Stelle der Strohmatten, mit aufgenagelten Holzplatten die Dächer abgedichtet. Sein Freund, der Alchemist wohnte hoffentlich noch hier. Über der Eingangstür hing ein Holzbrett, auf dem ein Teller und ein Krug aufgemalt war.

Die Tür stand offen und scheinbar war jetzt eine Schenke in der unteren Etage. Er band die Tiere vor dem Haus an, nahm den geschnürten Ledersack und stieg die beiden Stufen empor.

„Ich würd sie hinters Haus in den Stall führen", riet ihm ein kleiner Junge, der mit zerschlissenem Beinkleid barfuß in der Gosse stand. Er grinste breit, als er die Erklärung dafür lieferte: „Sonst stehen gleich drei Esel da." Pieter ging wieder zurück: „Du meinst wirklich, dass man sie mir wegstiehlt?" Jetzt lachte der Schelm laut auf: „Herr, was meint Ihr denn? Der Fleischer wetzt schon sein Messer und könnte bald eine fette Wurst feilbieten." Der vorwitzige Schelm gefiel ihm. Er nahm aus seinem Geldbeutel einen Pfennig und ging auf ihn zu. „Könntest du auf die Tiere aufpassen, bis ich zurück bin?"

„Ihr wollt Euch vergnügen, das verstehe ich. Wie lang soll ich denn hier ausharren?" „Ich geh nur hinein, frag nach einem Quartier und komme zurück. Versprochen." Der Kleine nickte, nahm die Münze in den Mund und setzte sich neben die Tiere. Nun nahm er den zweiten Anlauf und betrat die Schenke, in der nur wenige Gäste weilten. Ein junges Weib stand hinter einer Eichenbohle und zupfte sich die Haube zurecht, als er eintrat. „Wohnt Ruadh, der Gaelic noch hier, Weib?" Sie schaute ihn erstaunt und erschrocken zugleich an, antwortete aber nicht.

Stattdessen kam eine dumpfe, dem Bader sehr wohl bekannte Stimme aus der hinteren Ecke: „Wer will das wissen?"

„Ich", antwortete Pieter. „Ich, Pieter, der Wundarzt. Kennst du mich nicht mehr, du gälischer Eigenbrötler?" Ruaraidh kam ins Licht und schaute ihn an: „Groß geworden bist du. Und frech!" Pieter lachte und dann umarmten sich die beiden Männer.

„Bist also bei deinem Tagwerk geblieben, gut so."

„Kann ich ein Quartier haben?" fragte er. „wenn ja, so muss ich nach meinen Grautieren sehen, denn die werden von einem kleinen Jungen bewacht." Ruadh schaute zu dem jungen Weib: „Jacob, dein Balg hat ihm bestimmt die Mähr erzählt, dass Garibald der Fleischhauer seine Tiere schlachten würde." Die Angesprochene lief rot an, legte den Lappen, mit dem sie die Holzbohlen gewischt hatte, beiseite und ging zur Tür.

„Lass ihn!" rief Pieter hinter ihr her: „Ich fand es belustigend. Schelte ihn nicht, es ist ein gewitzter Kleiner, der es versteht, ein paar schnelle Pfennige zu machen."

„Flora, führ seine Tiere in den Stall. Er bleibt bei uns."

Das Weib nickte und ging nach draußen.

„Ist es ein Zufall, oder bist du geschäftlich hier?"

Pieter schaute sich um, das Untergeschoß schien umgebaut. „Später erzähl ich dir alles, denn ich brauche deinen Rat. Aber sag mir fürderst, warum hast du nun eine Schenke? Arbeitest du nicht mehr als Alchemist?" Ruadh zog ihn in die hintere Ecke: „Nicht so laut. Auch meine Wände haben Ohren. Mein Tun war unredlich, meint zumindest der Pfaff vom Eigelstein. Hexenwerk sei es und ich solle vorsichtig sein, denn allzu schnell würde solch diabolisches Handeln im Kerker hinterfragt." Er beugte sich ein wenig zu ihm: „So kann ich im Gewölbe weiter arbeiten, während Flora die Schenke betreibt. Ein armes Ding. Du hast sie ja gesehen, hat sich ein Balg eingefangen und kann nicht sagen, von wem."

„Teilt sie denn jetzt deine Bettstall?" Ruadh schlug ihm kräftig auf den Rücken: „Der war gut. Der war richtig gut. Bist du von Sinnen? Sie ist eine Hübschlerin, genau genommen war sie es, bis ich ihr hier Arbeit und Dach bot. Nein, ich lebe alleine, außerdem ist sie viel zu jung für mich. Sie hat gerade einmal neunzehn Winter, und ihr Balg sechs erlebt."

Die hintere Tür öffnete sich und Flora schob Jacob vor sich her zum Tisch der beiden Männer: „Nun?" Sie zog ihre Brauen hoch und versuchte einen bösen Blick aufzusetzen.

Der Kleine schaute vor sich auf den Boden und stotterte leise: „Ich soll sagen, dass es nicht so gemeint war."

Er spuckte den Pfennig in seine Hand und reichte ihn dem Bader, der legte jedoch wider Erwarten einen Groschen dazu. „Schlauer Bursche." Sagte er dabei und fasste seine Schulter: „Das kannst du nicht mit jedem machen, denn mancher versteht solch Schabernack falsch und trennt die einen Finger von der Hand, denk dran." Der Kleine nahm beide Münzen wieder in den Mund und stürmte davon.

„Dank Euch, Herr", sagte Flora und schaute Ruaraidh an. Pieter verstand, was sie wollte und nickte ihr zu: „Frag ihn, er beißt nicht." „Was wollt Ihr trinken? Oder habt Ihr gar Hunger? Soll ich Eier braten, mit Speck und Bohnen vielleicht?"

Der Alchemist unterbrach sie: „Jaja, mach was und bring uns vorher einen Krug vom Rebensaft und zwei Becher. Vom guten Rebensaft. Wir wollen nicht mehr gestört werden, denn wir haben viel zu bereden."

Flora nickte, brachte ein wenig später die Getränke und ging dann in die Küche, um eine Speise zu bereiten. Der Gaelic stand auf und zog einen dicken Teppich als trennende Wand zwischen ihren Tisch und dem Gastraum. „So, " sagte er, „jetzt sind wir ungestört. Willst du vorher deine Stube sehen? Ich gebe dir das alte Zimmer, in dem du früher schon einmal genächtigt hast."

Ruadh schüttete die Becher voll, hob sein Getränk zum Mund und nahm einen kräftigen Schluck. Dann schaute er den Bader auffordernd an und Pieter begann, die ganze Geschichte so zu erzählen, wie er sie bisher erlebt hatte. Zum Schluss wurde er leiser und berichtete über sein Erlebnis im Zeughaus und den, sich daraus ergebenden Folgerungen, die dazu geführt hatten, den Rat des Alchemisten einzuholen.

Flora rief hinter dem dicken Vorhang, man möge den Teppich zur Seite ziehen, damit sie das Tablett mit dem Abendmahl bringen könnte. Die Männer unterbrachen ihre Unterhaltung und nahmen die vortrefflich mundenden Speisen gerne an. Ruadh war nicht von den Kochkünsten des jungen Weibes überrascht, schaute aber immer wieder lächelnd in das Gesicht des Baders, der mit großem Appetit und anerkennendem „Mh, Donnerwetter", und „köstlich" den Gaumenschmauß genoss.

An diesem Abend deutete Pieter nur an, worum es bei seinem Besuch ging, dann gesellte sich zu später Stunde auch Flora zu ihnen und hörte aufmerksam zu, wie sie von der alten Zeit und der Kindheit des Baders plauderten. Dabei kam mancher Schabernack zutage, der allen dreien einen schönen Ausklang des Abends und danach eine geruhsame Nacht bescherte.

Es war noch dunkel, als Pieter durch ein Geräusch wach wurde. Da war es wieder. Es hörte sich an, als würden Knüppel gegen die hölzernen Laden oder gegen die verriegelte Haustür geschlagen. Er stand auf, wusch sich in der Zinkwanne und kleidete sich an. Dann schlich er, mit seinen Stiefeln in der Hand auf blanken Füßen die Treppe herunter.

Zu seinem Erstaunen waren sowohl Ruadh, wie auch Flora schon fleißig dabei, das Morgenmahl vorzubereiten.

„Na? Bist du geweckt worden?" Das junge Weib hantierte an der Feuerstelle, während der Gaelic hinter einer Fensterluke stand und durch einen schmalen Spalt hinauslugte.

„Diese Feiglinge", sagte er mehr zu sich selbst: „machen jeden Morgen Randale, ich hätte dich warnen sollen."

Dann erzählte er von seinen Problemen, die dem Klerus ein Dorn im Auge waren. Verleumdungen und Neid schienen den Antrieb für diese Attacken zu sein, die vom hiesigen Pfaff ausgelöst und massiv unterstützt wurden. Er wetterte sogar von der Kanzel gegen den Alchemisten, der in seiner Schenke Teufelswerk betrieb.

Es war wieder Ruhe eingekehrt, ein Zeichen dafür, dass die Verantwortlichen sich nur im Schutz der Dunkelheit trauten, dem ungeliebten Mitbürger Angst einzuflößen.

Nach dem ausgiebigen Frühstück holte Ruadh einen kräftigen Nachbarn herüber, der in seiner Abwesenheit für den Schutz der Schenke und seiner Angestellten sorgen sollte.

Er wollte heute mit dem jungen Bader zum Heumarkt gehen, um auf dem Rückweg beim Waffenschmied in der Eisengasse einen geeigneten Dolch zu kaufen. „Man kann ja nicht wissen, wie weit sie es noch treiben werden." Sagte er, öffnete die Tür und dann gingen sie zusammen die holprige Straße hinunter, in Richtung des Rhenus Ufers. Pieter fand das Gehen auf dem unebenen Boden noch beschwerlicher, als in der Dorpgasse bei sich zuhause. „Wär es nicht besser, man würde die dicken Steine neu verlegen? Wie kannst du hier so schnell laufen, ohne dir die Beine zu verdrehen?" Der Alchemist blieb stehen, klopfte seinem Begleiter auf die Schulter: „Da muss ich dir eine Geschichte erzählen, die mir großes Pläsier bereitet hat. Die reichen Kaufleute dieser Stadt sind geradezu süchtig nach Mode und Neuerungen. Seien es die prächtigsten Stoffe aus Verona, oder bunte Christales aus Venecia. Nun kam ein Händler von jenseits des Rhenus. In dem Land der Franken liebt man Eleganz. Er brachte das Neuste für Mann und Weib mit, das es auf den Märkten der Städte zu kaufen gibt. Es ist für die hohe Bürgerschaft nicht sittlich, sich ihr Schuhwerk mit dem Dung der Straßen zu beschmutzen. Ein findiger Schuster hatte ein Holzgestell entwickelt, das unter die eigenen Füßlinge gebunden wird. Hast du schon einmal ein Plätteisen beim Tuchmacher gesehen?" Pieter nickte verwundert und Ruadh fuhr fort. „Stell dir ein solches Gerät aus Holz vor, dreh es auf den Kopf und dann hast du diesen Unterschuh, der die edle Bürgerschaft schadlos über und durch den Dreck trägt, ohne seine Schnabelschuhe zu beschmutzen."

Pieter konnte sich das noch nicht so recht vorstellen und fragte: „Nun, was belustigt dich daran?" Ruadh schaute herunter und deutete auf die Pflastersteine, die durch die beschlagenen Räder der Karren und Fuhrwerke tiefe Rillen und teilweise herausgebrochene Kanten hatten.

„Würdest du dich trauen, mit solch wackeligen Stelzen hier zu laufen?" Er wartete keine Antwort ab und ergänzte: „Als Bader könnte man an den Tölpeln viele Dukaten machen, denn sie kommen gerade einmal ein paar Klafter weit, bis es sie zu Boden reißt. Verstauchungen und verdrehte Füße sind noch das Wenigste. Ich hab sie im Sud der Gasse liegen gesehen, die Gewänder völlig verdreckt, wegen offenen Brüchen nach dem Medicus schreiend, wie die Sau beim Schlachter, wenn's ihnen an die Schwarte geht." „Wie will denn da ein Medicus helfen?" „Oh, Pieter, du verstehst nicht. Ein Patrizier oder hoher Bürger lässt doch keinen Bader an seinen Leib. Es muss ein Studiosus sein, des Latinum Maximum mächtig, vielleicht gerade noch ein Monk, aber keiner wie du, der auch den Pöbel behandelt." Nun hatten sie eine Mauer erreicht, hinter der sich eine große Baustelle befand. Ruadh schien die Gedanken des Baders zu erahnen: „Schau nur, der Kran auf dem linken Turm steht schon seitdem ich als Kind hierherkam. Ich hab noch nie niemanden gesehen, der hier auch nur einen einzigen Stein bewegt hat. Man munkelt, dass es irgendwann einmal eine Kathedrale werden soll, aber wer weiß das schon."

Pieter ließ seine Augen gehen. Er ergötzte sich an den vielen Dingen, die sich in der Zwischenzeit geändert hatten. Viele Winter war er nicht mehr in einer großen Ansiedlung gewesen. Er genoss das Stimmengewirr der Händler aus vielen Ländern. Sie aßen in einem Wirtshaus am Ufer des Rhenus, danach gingen sie zum Eisenmarkt, um beim Schmied handliche Stichwaffen zu erwerben. Der Gaelic legte sich einen zweischneidigen Dolch zu und Pieter ließ es sich nicht nehmen, ebenfalls für sich, Cathrin und die kleine Flora solche Waffen zu erstehen.

Am späten Nachmittag waren sie wieder zurück und mussten von Flora erfahren, dass einige Gäste davor gewarnt hatten, weiter für Ruaraidh, diesen rothaarigen Diabolo zu arbeiten.

„Das hatten wir schon einmal", murmelte der Gaelic.

Die Intrigen wurden wieder vom Pfaff geschürt, denn ihm war zu Ohren gekommen, dass er seiner Bestimmung immer noch im Geheimen nachging. Mit ungerechtfertigten Unwahrheiten und Anschuldigungen wollte er den Hass auf ihn durch das urbane Volk schüren, um dem undurchsichtigen Treiben des Alchemisten endlich ein Ende zu setzen. Der Bader schlug ihm vor, nicht länger hier auszuharren, denn er wusste nur zu gut, wie schnell man das Volk beeinflussen konnte und dann wäre keine Zeit mehr, den aufgestachelten Milizen zu entkommen. Die Schlinge des Klerus zog sich langsam wieder einmal zu und dem gälischen Raubein blieb gerade noch so viel Zeit, seine Schenke samt Wohnhaus für einen guten Preis zu verkaufen. Er wollte fort von hier und nicht so enden, wie es dem unglücklichen Monk und seinem Weib passiert war.

Pieter schlug vor, mit ihm zusammen zurück in das kleine Dorp jenseits des Fluvius zu gehen. Dort könnte er ungeniert seine Tätigkeit wieder ausüben, um dann mit dem Wundarzt einen Plan gegen den Schultheiß schmieden. Für drei goldene Thaler kaufte er einen Kastenwagen, samt zwei Kaltblütern. Dann räumte er das Gewölbe sorgfältig mit Flora und dem Bader aus. Seine Aufzeichnungen, Elixiere, Tinkturen, Fläschchen und alle Dinge, die ihn postum hätten verraten können, verstaute er in der verschlossenen Ladefläche des Wagens.

Flora wusste nicht, wohin sie hätte mit ihrem Balg gehen sollen und entschloss sich dazu, dem Alchemisten auch weiterhin zu folgen. Gleich in der nächsten Nacht brachen sie allesamt auf, die beiden Grautiere waren hinter der Karre angeleint und so schaukelte der voll beladene Wagen zum Heumarkt, wo sie in einer großen Halle neben den Händlern aus Brabant, Flandern und Venecia bis in die frühen Morgenstunden unterkamen.

Sie fuhren als erste durch das Stadttor, als die Wachen in der achten Stunde die Bohlen wegräumten und die hohen Flügel der Eichen Tore öffneten. Bis zur Frankenwerft waren nur dreihundert Schritte und der Bootsmann freute sich, als ihm der Gaelic ein üppiges Fährgeld für die Überfahrt gab.

Erst als sie in den schützenden Wäldern oberhalb der Duijtzer Freyheit angekommen waren, atmete Pieter erleichtert auf.

Jetzt erzählte er auch, dass in der letzten Nacht der Pfaff mit ein paar Mönchen um den Eigelstein geschlichen war.

Er hatte nicht schlafen können und die düsteren Gestalten von seinem Schlafgemach im ersten Stockwerk aus durch die schmalen Ritzen der Luken gesehen, die notdürftig mit Stroh und Lumpen gegen den eisigen Wind abgedichtet waren.

„Deshalb war es höchste Zeit, diese Stadt noch lebend zu verlassen, bevor man uns am Prangen zerschlagen hätte".

Ruadh führte die Zügel, Pieter und Flora saßen neben ihm auf dem Kutschbock und der kleine Jacob lag auf den Tierfellen im Kastenwagen und träumte von der neuen Stadt. Hoffentlich war er nicht enttäuscht, wenn er das kleine Dorp sehen würde.

Sie unterhielten sich über dies und das und machten aus der langen Fahrt eine Kurzweyl. Ruaraidh, Flora und Jacob stand wieder einmal ein neues, großes Avertur bevor, eine Rückkehr war diesmal verständlicherweise ausgeschlossen.

Im Dorp wohnte das ungleiche Paar im Hause des Baders. Cathrin freute sich über die unerwartete Hilfe in der Schenke und während Pieter im Hinterzimmer weiter die Verletzten und Kranken heilte, konnte der Alchemist ganz offen in der Schankstube seine Elixiere, Tinkturen und Salben feilbieten. Seine Werkstatt hatte er im Gewölbe der Schenke eingerichtet. So hatten alle ihr Auskommen und konnten sich nebenbei ihrer wahren Aufgabe widmen, nun endlich den Schultheiß seiner hinterlistigen Taten zu überführen.

Ein Plan musste her, um dem Amtmann beizukommen und der Gerechtigkeit eine Chance zu geben. Ein wahrlich schwieriges Unterfangen, denn der Schultheiß hatte sich mittlerweile geschickt bei allen beliebt gemacht und den Bewohnern des Dorpes manchen Zins erlassen und damit Sand in ihre Augen gestreut. Sie waren blind geworden.

Blind und taub. Hatte so nicht das alte Weib im Wald erzählt? „Habt Augen und seht doch nichts, habt Ohren und hört nichts. Ihr seid dumm, wie das Vieh auf der Weide."

„Die Alte!" rief er und fasste Ruadh, der neben ihm in der Stube saß, an der Schulter. „Wir müssen mit ihr reden. Komm, sie weiß etwas und wird es mir sagen müssen." Er drehte sich um und fragte die anderen Gäste: „Kennt einer von euch ein altes Weib, das im Wald neben dem Weiher haust?"

Er beschrieb sie, denn sie war ihm seitdem nicht mehr aus dem Kopf gegangen. Und gleich mehrere konnten darauf antworten: „Alwine? Meint er die?" „Die muss er meinen, denn wer sonst spricht so wirr die Leute an? Manche ängstigen sich aber sie macht es extra, denn sie hat Gefallen daran."

„Ach du meinst Alwine, die Mutter von Tasso, dem Köhler." Pieter hatte ins Schwarze getroffen. Der Schultheiß, der Köhler und jetzt seine Mutter. Der Kreis begann sich zu schließen.

„Ja, das muss sie sein. Wo finde ich sie?"
Achselzuckend drehten sie sich wieder um.
„Mal hie, mal da. Versuch es doch noch einmal an der Stelle, wo sie dir in den Weg sprang. Oder in der Höhle im Wald."
„Wenn sie die Mutter des Köhlers ist, wieso wohnt sie dann nicht bei ihm?" „Du kannst das nicht wissen. Das war vor deiner Zeit. Als der alte Köhler verstarb, kümmerte sich unser Schultheiß um sie und ihr Balg. Darüber kam es wohl zum Zerwürfnis zwischen ihnen und die Alte wollte nichts mehr mit ihnen zu tun haben. Mehr weiß hier auch keiner."
Da war es wieder. Der Schultheiß und der Köhler, sie gehörten schon länger zusammen, sind wohl Freunde geworden. Wenn auch sehr ungleiche Freunde, denn der Amtmann beschwört immer seinen hohen Stand und der Köhler ist ein Höriger.
„Dieses Waldgebiet und seine Bediensteten, Jagdaufseher, Holzfäller und auch der Köhler gehören ihm, dem Lehnherrn. Und dieser Lehnherr ist unser Schultheiß."
Ein Höriger! Leibeigen seinem Lehnsherrn verpflichtet!
Pieter riss Ruaraidh von der Bank und rief den Weibern zu: „Wir sind in ein paar Stunden zurück." Dann fasste er an seinen Gurt, um sich zu vergewissern, dass er den Dolch dabei hatte.
„Ich hoffe, du weißt, was du tust!" entgegnete der Gaelic, nahm seine lederne Kappe und tastete ebenfalls nach seiner Stichwaffe, die er gewohnheitsmäßig in einer Scheide aus gegerbtem Fell an der linken Seite trug. Er musste sich sputen, denn Pieter eilte mit schnellen Schritten durch die Gasse dem Tor zu, hinter dem die weiten Felder mit den einzelnen Gehöften und Siedlungen lagen. Sie gingen nebeneinander über den kleinen Pfad, der außerhalb der Mauern zum Weiher, und dahinter in dem angrenzenden Wald führte.

Ein aufgeregter Jüngling kam zum Zeughaus gelaufen und bat den Mann der Bürgermiliz um ein Gespräch mit dem

Schultheiß. Er schaute sich dabei ängstlich nach allen Seiten um und schien besorgt, dass man sein Begehren mitbekam. „Was willst du von ihm?" fragte der Vasale, „er ist beschäftigt." „Es ist von großer Wichtigkeit, so glaubt mir doch. Es brisiert. Der Bader will zum Weiher, er sucht nach der alten Alwine." Der Milizionär trat einen Schritt näher: „Schweig, Kerl! Bist du von Sinnen?" zischte er. „Du sprichst von einer Hexe. Komm herein und berede das mit dem Amtmann."

Er nahm seine Kappe ab und drehte sie nervös in den Händen, verbeugte sich und folgte ihm ins Zeughaus. „Warte hier", wurde ihm befohlen, als sie in der Vorhalle standen und er die Hellebarde an die Wand stellte. Drei Männer saßen hier auf Holzschemeln und knobelten auf einem Hocker mit Würfeln. Der Vasale war hinter einer Tür verschwunden und man hörte bald darauf, trotz der dicken Bohlen einen Mann schimpfen. Dann flog die Tür auf: „Komme er", wurde ihm befohlen.

Der Jüngling beeilte sich und lief in das geöffnete, riesige Zimmer, das fast schon ein Saal war. Am Fenster stand ein Schreibtisch, daneben lagen zwei große Doggen auf den Steinfliesen. Sie fingen sofort an, leise und drohend zu knurren: „Aus!" rief der Schultheiß, der in seinem Lehnstuhl hinter dem Tisch saß und sofort verstummten die Tiere, blieben aber aufmerksam liegen und beäugten den Eindringling weiter. „Was ist mir da von dir zu Ohren gekommen?" fragte er und der eingeschüchterte Junge antwortete: „Fridel", er schluckte, denn sein Hals war trocken vor Angst: „Mein Name ist Fridel. Ich bin der Sohn vom Fleischhauer." „Komm zur Sache, Kerl. Es geht um die Hex im Wald, oder nicht? Was schert mich da, wer dein Erzeuger ist? So rede er!" Er schielte ängstlich zu den Hunden, traute sich aber keinen einzigen Schritt mehr weiter zu gehen. Er atmete tief ein, bevor er seine Beobachtung kundtat: „In der Schenke hat der Bader nach ihr gefragt, wo sie wohnt und wie man sie finden kann. Und da man sich hier erzählt, dass Tasso in Euren Diensten, also das er Euch manchmal zur Hand geht, sie ist doch seine Mutter, so kam ich darauf, dass " Er wurde laut und unwirsch unterbrochen: „Wie kommst du darauf, dass Tasso für mich arbeitet? Er ist mein Köhler und sorgt für den Brennstoff. Für mein Amt, das Zeughaus und die Wachstube. Also, was willst du mir sagen?"

Jetzt fasste er allen Mut zusammen: „Interessiert es Euch denn nicht, wenn der Wundarzt mit seinem neuen Freund, einem Alchemisten, der aus der Stadt verwiesen wurde, nun den Kontakt zu dieser Hexe sucht?" Theodorus lehnte sich zurück und massierte sein glatt rasiertes Kinn. Wenn er dem folgte und darüber nachdachte, so spielte es ihm in die Karten.

Wenn er den Bader, samt Schenke und einen Alchemisten für weitere Verbrechen verantwortlich machen könnte, wäre das tatsächlich eine Möglichkeit weiter von sich abzulenken.

„Fridel ruft man dich?" Der schmächtige Jüngling nickte. Er würde für seine Beobachtung sicher einen Obolus erhalten. Doch dann fuhr der Amtmann mit zusammengezogener Stirn fort: „Fridel der Verräter!"

Bevor dem Ärmsten bewusst wurde, was der Amtmann nun vorhatte, wurde er von der wartenden Miliz hart an der Schulter gepackt und festgehalten.

„Fridel, fürderst sollst du wissen, dass ich dir sehr dankbar bin. Ich liebe Verrat." Der Jüngling atmete auf, doch dann kam der Rest des Satzes: „Aber ich hasse Verräter! Abführen, sperrt in ins Gewölbe und dass ich ihn nie wieder zu Gesicht bekomme. Entsorgt diesen Widerling im Weiher und verkündet, dass er wohl trunken darin versauft ist, weg mit ihm!"

„Aber Herr, Ihr sagtet doch selbst eben noch, dass Ihr mir dankbar seid." Der Amtmann war so voller Zorn, dass seine laute Antwort dazu führte, dass die Hunde aufsprangen und Zähne fletschend los rannten. „Ich bin dankbar! Sonst würdest du brennen wie ein Viech und deine Seel könnte keine Gnade im Himmel erbitten. Jetzt schmeißt ihn doch endlich ins Gewölbe!" Durch das Bellen der Hunde und die lauten Worte des Schultheißen wurde die Tür aufgerissen und mit vereinten Kräften zog man den widerspenstigen Wicht zur Kellertreppe. Man schlug ihm ins Gesicht, damit er endlich Ruhe gab und dann polterte sein Körper die Steintreppe herunter.

Der Soldat ging sofort zurück, um dem Schultheiß zu sagen, dass ihn der Jüngling nicht mehr belästigen würde und bat um Entschuldigung, ihn vorgelassen zu haben.

„Was maßt sich dieser Tölpel an? Wollte er dafür entlohnt werden, dass er seinesgleichen denunzierte? Sprich, was war sein Anliegen?" Der Soldat zuckte mit der Schulter, denn auch er wusste nicht zu erklären, warum der Junker so dreist den Amtmann hatte sprechen wollen.

„Es ist schon gut. Dich trifft dafür keine Schuld und ich bin wenigstens informiert, dass sich wieder eine Hexerei anbahnt. Es scheint, wir werden in baldigen Futuren einen weiteren Prozess führen. Halt deine Sinne bereit und berichte mir, wenn sich ähnliches wieder zuträgt, denn Satanus ist allgegenwärtig und will uns prüfen."

Während er sich in seinem Wortschwall ereiferte, glühten seine Augen. Schleimtropfte aus seinen Mundwinkeln und es schien, als würde er danach lechzen, weitere arme Seelen an den Schandpfahl zu binden und unter ihnen trockene Reisig Zweige zu entfachen, um wieder die verzweifelten Schreie der brennenden Opfer als Mahnung zu verstehen, dem Amtmann nicht mehr zu widersprechen.

Verstohlen schlich sich der Soldat hinaus. Angst beschlich auch ihn, denn so aufgebracht hatte er den Schultheiß noch nie erlebt.

Vor der Dorpmauer im Wäldchen

„Hier ungefähr war es." Pieter schaute sich um, konnte aber weder im Unterholz, noch auf der Lichtung ein Lebewesen erspähen, von der Alten ganz zu schweigen. „Hey!" rief er laut. „Alwine werdet Ihr gerufen. Ihr habt mich angesprochen und nun will ich mit Euch reden!" Ein paar Vögel flatterten aufgeschreckt hoch und der Gaelic schaute mitleidig seinen jungen Freund an. „Was versprichst du dir davon? Wir werden ihm auch ohne die Hilfe dieser Zwielichtigen Alten habhaft werden. Du weißt wo, wie und warum. Also werden wir . . . "
„Weißt du wirklich, wo?" tönte es aus dem Unterholz. „Bist du dir da so sicher, Bader?" Pieter strengte seine Augen an, aber er konnte sie nicht sehen. „Du kennst meinen Namen?" fragte er und sie antwortete keck: „Du weißt ja auch, wer ich bin."
„So wird das nichts. Komm raus und zeig dich. Ich will dir nichts, " er zeigte auf Ruadh: „Und er auch nicht. Er ist mein Freund." Es raschelte und die Alte kam aus dem Unterholz.
„Alle glauben, dass ich eine Hexe sei, glaubt ihr das auch?"
Pieter schüttelte den Kopf. „Ich wusste nichts von dir, als ich dich hier zum ersten Mal gesehen habe. Man erzählt sich viel, auch dummes Zeug, wenn der Abend lang und das Fass noch nicht geleert ist."
„Theodorus will die Leut glauben machen, ich sei verrückt. Wollt ihr wissen, warum er das macht?" „Deshalb sind wir hier. Wir glauben ihm nichts mehr und nun will ich wissen, was dein Sohn mit ihm zu schaffen hat."
„Tasso? Er ist ihm hörig und glaubt tatsächlich, dass er sein Eigentum sei. Das Eigentum eines Schurken. Mein Sohn ist süchtig. Er kaut den Samen der Mohnpflanze und lebt in seiner eigenen Welt. Er kennt mich nicht mehr und verleugnet mich sogar. Theodorus gebraucht ihn, wie seine Marionette. Er ist zur seelenlosen Puppe geworden, zu seinem Mordwerkzeug."

„Alwine. Du musst uns helfen. Komm mit ins Dorp und erzähl das den Leuten. Sie werden dir Glauben schenken."

Die Alte strich mit ihren hageren Händen über die Wange des Baders: „Wie dumm du doch bist. Wie ahnungslos und dumm." Dann sprang sie so behände ins Gebüsch, dass die beiden Männer erschrocken zur Seite liefen. Man hätte der Alten solche Schnelligkeit niemals zugetraut.

„Was jetzt? Du bist auf dem richtigen Pfad, doch ohne Beweise und Zeugen stehen wir mit leeren Händen da. Man wird uns keinen Glauben schenken und der Amtmann kann sein düsteres Tun ungehindert fortsetzen. Man muss ihm eine Falle stellen, sonst wird da nie etwas draus."

Sie gingen betroffen, aber auch mit neuer Kunde zurück zum Tor, als ihnen hier Caspar aufgeregt entgegen kam: „Habt ihr euch mit dem Schultheiß überworfen? Er lässt nach euch suchen. Ihr wolltet zur Hexe im Wald, um mit ihr den Sabbat zu feiern?" „Was soll das? Glaubst du das etwa?" Der Mann schüttelte vehement mit dem Kopf „Albern. Wäre ich euch sonst entgegengelaufen um euch zu warnen? Er redet aber auf die Leute ein und mir scheint, der nächste Prozess soll dir und deinem Freund gelten, seine Worte zielen in diese Richtung."

„Dank dir für diese Warnung, aber dieser Amtmann wird nicht mehr lange im Zeughaus sitzen, dafür werde ich persönlich Sorge tragen." Caspar hob seine Kappe: „Wenn ich helfen kann, so gib mir Bescheid. Er war mir schon immer ein wenig suspekt und dass er jetzt auch noch die Ländereien vor der Dorpmauer sein eigen nennt, das ist schon sehr verwunderlich. Er ist auch der einzige, der noch die Leibeigenschaft über seine Bediensteten wahren will. Die Waldarbeiter und der Köhler sind ihm hörig, hat man erzählt?"

„Stimmt. So hab ich aus erster Quelle erfahren. Er verfolgt einen Plan, den es zu durchkreuzen gilt. Wenn du noch Männer kennst, die auf unserer Seite stehen, so haltet euch bereit."

„Wie ist dein Plan?" fragte Pieter den Alchemisten, der im Gewölbe dabei war, ein paar Gläser mit bunten Flüssigkeiten über offener Flamme zum Brodeln zu bringen. Weißer Dampf quoll aus den Flüssigkeiten, die sich nun grün verfärbten.

Ruadh nahm mit einer Zange die Gläser herunter und drehte sich zu ihm: „Schwefel", sagte er dabei: „ich werde dies Elixier in kleine Säckchen packen und jene dort, " er zeigte auf fertig gepackte Papierkügelchen: „die sorgen für ein Höllenfeuer. Illumination und Gestank ist immer gut und verwirrt die Geister. Nun frag ich dich, wem wird man Glauben schenken? Uns, der wir unbescholtene Bürger sind, oder einem Amtmann, in dessen Räumen es nach Schwefel riecht und der den Satanus im Haus bewirtet?" Pieter verstand den Plan nicht so recht und schaute entsprechend verwirrt.

„Wem kannst du trauen? Außer den Weibern, meine ich?" Dem Bader fielen auf Anhieb ein paar Männer ein, aber ob sie auch dann zu ihnen stehen würden, wenn es galt, den Amtmann zu beschuldigen, war mehr als fraglich.

„Wir stehen das alleine durch", sagte Pieter, als Flora gefolgt von Cathrin, in das Gewölbe trat: „Das könnte euch so passen. Denkt ihr, wir wüssten nicht, was ihr vorhabt?" Nun wurden die Weiber zwangsläufig in den Plan eingeweiht und konnten dankbare Hilfe leisten, denn ihnen würde man nicht zutrauen, ein solch zu erwartendes Spektakulum angezettelt zu haben.

Am gleichen Abend begannen sie mit ihren Vorbereitungen. Flora lockte den wachhabenden Bürger der Miliz in den Garten des Zeughauses und versprach ihm gekonntem Augenaufschlag verlockende Mannesfreuden. Sie hatte ein Fass Branntwein mitgebracht, damit er sein Pläsier auch wahrlich genießen könnte. Er hatte gierige Finger und es kam Flora zugute, dass sie noch immer die Kunst der Verführung kannte, mit der sie in jungen Jahren ihren Unterhalt bestritten hatte. Sie wich ihm geschickt aus, denn er sollte trunken und unfähig werden.

Pieter und der Gaelic warteten hinter den Büschen auf das verabredete Zeichen. Der Bader ängstigte sich um das junge Weib, doch der Alchemist beantwortete solche Gedanken mit einem müden Lächeln. Sie saß auf seinem Schoß, spürte bald sein Verlangen und füllte immer wieder den Becher, um seinen Geist zu verwirren und seine Gliedmaßen zu lähmen. Endlich hörten sie den vereinbarten Pfiff und eilten zu ihr.

Er hatte zu oft den Humpen mit berauschendem Branntwein zum Halse geführt und sich damit die Verwirrung seines Geistes und das Versagen der Gliedmaßen selbst zugeführt.

Weder seine Beine, noch die Arme gehorchten ihm, sodass er beim kläglichen Versuch aufzustehen, unkontrolliert auf den Boden schlug und sogleich liegenblieb.

Pieter band seine Hände und Beine, setzte ihm einen Knebel ins Maul und entwaffnete ihn. Dann lehnten sie ihn gemeinsam an eine Eiche, die im Garten des Zeughauses in einer dunklen Ecke stand. Es würde lange dauern, bis ihn die anderen Milizen ihn hier fänden, so sie ihn überhaupt vermissten. Nun ging alles sehr schnell. Mit dem Schlüssel des Gefesselten waren die beiden Männer bald durch die Hintertür im Zeughaus verschwunden. Sie hielten sich nicht lange auf, schlichen zu der versteckten Tür und schlüpften hindurch.

Im unteren Gang fanden sie bald den besagten Raum, aus dem der Schultheiß in Begleitung des Köhlers gekommen war.

Der Eisenstift des Schmiedes, den Pieter noch immer bei sich trug, öffnete das Schloss und dann entzündeten sie die seitlich angebrachten Fackeln. Was für eine Überraschung.

Sie fanden den schwarzen Umhang mit Kapuze, eine Maske, tote, gerupfte Raben, sowie eine Eichentruhe, dessen Deckel zwar zugeklappt, aber nicht verschlossen war. Als sie ihn hochhoben, stach ihnen ein beißender Geruch in die Nase.

Ein scharfer Dolch, steckte bis zum Schaft in einer undefinierbaren Masse, die entsetzlich stank.

Ein angedickter Sud aus giftigen Kräutern und verwesenden Mäusen und Ratten machte die Klinge, die damit bedeckt war zu einer absolut tödlichen Waffe. Jetzt erklärte sich auch, wieso die zugeführten, harmlosen Schnitte so verheerende Wirkung gezeigt hatte. Ihnen wurde bewusst, dass dieses Gebräu schon beim einfachen Hautkontakt schlimmste Malad hervorbringen würde, von einer zusätzlichen Verletzung ganz zu schweigen.

Sie waren so in ihre Untersuchungen vertieft, dass sie im schwachen Licht der Fackeln erst jetzt die verkrümmte Gestalt in der hintersten Ecke sahen. Mit offenen Augen starrte ein junger Mann, mit dem Rücken an die raue Kellerwand des Gewölbes gelehnt, in ihre Richtung. „Lebt er?" flüsterte Pieter, als der Gaelic mutig auf ihn zuging und ihn schüttelte.

Kraftlos rutschte der Körper zur Seite: „Nein, " antwortete der Alchemist, „er ist nicht mehr unter uns, aber hier liegt noch einer, " er bückte sich und leuchtet mit der Fackel in die Ecke. „Der ist auch hin." Pieter drängte zur Eile. „Last uns den Raum vorbereiten und danach den Gang. Wir können nicht ewig hierbleiben." Ruadh öffnete seine Ledertasche und begann zielstrebig damit, Fäden zu spannen und seine vorbereiteten Fläschchen und Papierkugeln daran zu befestigen.

Dann verschlossen sie den Raum wieder, spannten noch ein paar Fäden im Gang und stiegen die Treppe zurück. Es hatte sie niemand gesehen, das Zeughaus schien menschenleer zu sein. Warum war dann aber der Wachmann hier, den Flora trunken in den Garten gelockt hatte?

„Das hat aber lange gedauert. Dieser Widerling ist zwei Mal wachgeworden und drohte, zu rebellieren." Flora schlug einen Unterarm großen Ledersack lächelnd in die andere Hand. Gemeinsam trugen sie den Bewusstlosen bis vor die Hintertür, lösten Knebel und Fessel, legten seine Waffen daneben und schlichen mit dem leeren Fass wieder zurück zur Schenke.

Als sie näher kamen, sahen sie sofort, dass die Eingangstür aus den Angeln war, im Haus huschten flackernd Lichter umher. „Ruadh, versteck dich mit Flora und Cathrin im Stall. Ich werde hinein gehen und nach dem Rechten sehen."

Er zog seinen Dolch und stallte sich seitlich neben die Tür: „Komm raus und zeig dich, oder fürchtest du den hellen Schein meiner Fackel?" Plötzlich wurde es ganz still, die Flamme erlosch und polternd rannten zwei Gestalten zur Hintertür. Dort wurden sie vom Gaelic erwartet. Er hatte einen Knüppel und auch Flora schlug mit ihrer Lederknute hart zu.

Dann war der Spuk vorbei. „Pieter? Hier liegen zwei. Sind das alle oder wüten noch mehr im Haus?"

Es waren nur die beiden. Bezahlte, kleine Gauner, die wohl ihren Auftrag nun nicht mehr ausführen konnten, denn im Gewölbe der Schenke war ein kleiner Weinkeller, der geeignet war, an den eingelassenen Eisenringen die beiden gefesselt zu verwahren, bis sie dem Schultheiß endlich das Handwerk gelegt hatten.

„Wer waren die Toten im Keller des Zeughauses?" wollte Ruadh wissen, aber Pieter hatte nur den Köhler erkannt, wer der andere war, wusste er nicht zu sagen.

In der Schenke mussten die beiden Schergen ordentlich gewütet haben, denn Stühle waren zerbrochen, Flaschen an die Wände geworfen und Tücher lagen auf dem Boden herum. „Was haben die gesucht?" wollte Cathrin wissen und Ruadh schien die Antwort zu ahnen: „Uns haben die Gesucht und als sie uns nicht finden konnten, gaben sie ihrer Enttäuschung nach und brachten ihre Wut zum Ausdruck."

„Hast du sie gebunden?" wollte Flora wissen und der Alchemist antwortete: „Sie können kein Wort reden und auch keinen Finger bewegen und wenn sie im Gewölbe meine Elixiere zerschlagen haben, so will ich sie noch heute Nacht in den Weiher werfen."

Am nächsten Vormittag, es war Wochenende, wollten sie dem Spuk endgültig ein Ende setzen und zur Tat schreiten.

Ruadh hatte seine Ledertasche geschultert und folgte Pieter, der mit Cathrin die Stufen zum Zeughaus nahm. Flora war mit ihrem Sohn, dem Nachbarn Caspar und seine Freunde zu ihrem Schutz in der Schenke Sie wurden dafür köstlich bewirtet.

Am Zeughaus öffnete sich die Tür und zwei Männer der Bürgerwehr traten ihnen entgegen: „Halt, stehenbleiben, was wollt ihr?" Einer erkannte den Wundarzt und näherte sich ihm: „Du traust dich aber was. Der Schultheiß lässt nach dir suchen. Folge mir. Und ihr bleibst draußen!" geboten sie dem gälischen Begleiter Ruadh und Cathrin, aber die machten keine derartigen Anstalten und gingen weiter.

„Hört ihr nicht? Ich sagte stehenbleiben!" Da kamen mehrere Leute zum Zeughaus. „Wir haben jemanden mitgebracht!" riefen sie und als sich Pieter noch einmal umschaute, sah er die alte Alwine, die eine Menschenmenge anführte, mit Knüppeln und Stangen, Sensen und Messern nahmen sie die Stufen.

„Wir sind freie Bürger und wollen wissen, was der Schultheiß von ihm will. Ist er jetzt Dorpvogt und Scheffe in einem, das er sich anmaßt, alleine Recht zu sprechen? Wie sollen wir sonst den zuletzt von ihm geführten Prozess verstehen, den er ohne Verhandlung gegen Daniel, den Steinhauer vom Zaun brach?"

„Trollt euch, sonst wird die Wache den Platz räumen!"

Ein lautes Lachen ertönte und unbeirrt kamen die Bürger näher, stiegen auch die Stufen empor und drängten den unbeholfenen Milizionär samt seiner Hellebarde zurück in die Tür. Die Halle war fast zu klein für die hereinströmenden Menschen, die jetzt lautstark nach dem Schulheiß riefen. „Wo kommt ihr plötzlich alle her? Ich dachte, wir wären alleine mit unsrer Meinung, " wollte Pieter wissen und bekam die vielstimmige Antwort: „Caspar hat uns geschickt. Ein Schultheiß kann neu gewählt werden, ein Wundarzt ist unersetzlich."

Jetzt war die Stunde des Alchemisten gekommen. Ruadh und Cathrin kannten ihre Aufgaben. Während die Leute sich in der Vorhalle umsahen und auf den Hausherrn warteten, ging der Alchemist zielsicher zu dem Bretterverschlag, hinter dem den Zugang zum Kellergewölbe lag. Er tat, als wüsste er nicht so recht, wonach er suchte, obwohl er alle Vorbereitungen mit Pieter Tage zuvor hier unten getätigt hatte.

„Was haben wir denn hier?" fragte der Gaelic extra laut, sodass alle auf ihn aufmerksam wurden, als er die getarnte Kellertür fand und öffnete. Genau in diesem Augenblick kamen mehrere Wachen, zogen ihre Katzbalger und fuchtelten wild mit den Hellebarden. Gefolgt von Theodorus, dem Schultheiß forderten sie alle auf, die Kellertür verschlossen zu halten, da es sich um die privaten Gewölbe des Hausherrn handelte.

„Dieser Trottel kommt uns mit solchen Äußerungen auch noch entgegen", murmelte Pieter seinem Freund zu, der ungeachtet der Drohung eine Hand durch die geöffnete Tür steckte und ein mit Schwefel gefülltes Fläschchen auf die Stufen warf.

„Pah", rief er laut und tat erschrocken: „wonach riecht es denn da in den privaten Räumen des ehrwürdigen Amtmanns?"

Die wartenden Bürger wichen entsetzt zurück, als ihnen der beißende Geruch in die Nasen stach. „Schwefel!" schrien sie. „Da wohnt der Leibhaftige!" Der Schultheiß verstand natürlich nicht, wovon die Leute sprachen und kämpfte sich nach vorn. Er riss die Tür auf und stürzte wütend die Treppe herunter. Dabei zerriss er die gespannten Schnüre und ein tosendes Knallen kam aus den unteren Räumen. Starker Schwefelgeruch strömte den ihnen entgegen, trotzdem wollten sie nun alle sehen, was sich da unten tat. Neugier überwiegte die Angst. Theodorus wollte unbedingt verhindern, dass sie in den hinteren Raum gelangten, in dem sich die Beweise und die beiden Leichen befanden. Ruadh bestärkte derweil die Leute dem Amtmann zu folgen und ging voran.

Der war nun in einer zwiespältigen Lage, aus der es für ihn kein Entrinnen mehr gab. In einer Ecke lag Tasso, von ihm gemeuchelt als er nicht mehr gebraucht wurde. Daneben lag der tote Jüngling, den seine Männer erst am Abend in den Weiher schmeißen wollten. Während Theodorus wütend durch den Gang stolperte, löste er nach und nach die verknoteten Fäden und damit die Schwefelfläschchen, die für weiteren Höllengestank sorgten. Die Papierkügelchen zerbarsten und sprühten farbiges Feuer und Rauch. Der erschrockene Amtmann fand sich nicht mehr zurecht. Er blieb mitten im Gang stehen, verwirrt und unfähig, das Specktakel zu verstehen. So sahen ihn die Leute, die nun am vorderen Ende des Ganges ankamen. Der Gaelic hatte ganze Arbeit geleistet und nun galt es den Sack zuzuschnüren, bevor sich der Amtmann besinnen würde. Er blieb im Gang stehen und breitete seine Arme aus, um die Neugierigen zu hindern, weiter zu gehen. „Er ist es", sagte er, um den Keim zu setzen, „Satanus hat seine Gestalt angenommen." Ein Raunen ging durch die Leute und die Kunde ging von Mund zu Mund, teilweise verdreht und noch gruseliger, als der Alchemist es verkündet hatte. Jetzt war der richtige Zeitpunkt. Der Gaelic wollte gerade den Amtmann ansprechen, als sich Alwine an ihm vorbei drängte und auf Theodorus zulief. Als sie ihn erreicht hatte, war sie so erregt, dass heller Schaum aus ihrem Mund quoll: „Gib mir meinen Sohn zurück!" schrie sie hysterisch und schlug mit ihren hageren Fäusten auf den Mann ein. Er wusste, dass er dem Keller und damit dieser aufgebrachten Menge nicht mehr entkommen könnte, setzte alles auf eine Kappe und schlug der Alten so heftig ins Gesicht, dass sie mit voller Wucht gegen die Mauer prallte und mit verdrehtem Genick liegenblieb.

Da brachen alle Dämme und Ruadh schaffte es nicht mehr, die Leute zurück zu halten.

Sie rannten den Gang entlang, als Theodorus versuchte, sich in dem Raum zu verschanzen und erreichten diese Tür, die bei weitem nicht so sicher war, wie es der Schultheiß gehofft hatte. Bald splitterten die Bretter und gemeinsam traten sie mit ihren Füßen die Tür aus den Angeln. Entsetzt wichen sie zurück, als sie den Amtmann erblickten. Er trug den langen Umhang, fuchtelte mit einem Dolch herum und forderte die Leute auf, ruhig näher zu treten. Er würde sie alle mit in die Hel nehmen. Da hob der Schmied seine lederne Schürze, hob ein seltsam anmutendes Gerät mit einem geschmiedeten Halbeisen an seiner Front in dessen Richtung. Er sagte nichts und fragte nicht, warum oder wieso, er zog einen gebogenen Draht an den Holz Schaft dieses Gebildes und löste damit dem eingelegten Bolzen auf der Führungsschiene. „Er hat eine Armbrust. . . “, „Dddssssmm!“ zischte es durch den Raum und obwohl noch immer ein Stimmengewirr im hinteren Gang war, konnte man dieses eigenartige Geräusch gut vernehmen.

Der Amtmann schien von einer unsichtbaren Faust getroffen, als ihn der fingergroße Holzstab mit der Eisenspitze voran in die Brust traf und ihn mit Wucht zurückwarf. Er stolperte rücklinks über die offene Kiste und schlug mit dem Rücken hart auf. Dabei zeigten seine Beine steil nach oben, durch den Deckel der Truhe gehalten.

In diesem Augenblick dachte niemand daran, dass es eine geächtete Waffe gewesen war, die dem Schultheiß ein Ende gesetzt hatte. Auch würde keiner, der Anwesenden auch nur ein einziges Wort darüber verlieren, wie der Amtmann vom Leben in den Tod hinübergegangen war. „Der Wahrhaftige war es.“ Darauf einigte man sich und viele glaubten es, denn wo war sonst der Schwefelgeruch hergekommen? Und warum sonst hätte der Tote ein grässlich verzerrtes Gesicht gehabt, wenn er nicht in dem Gewölbe des Höllenmeisters gegenüber gestanden hätte. Sie waren später dazu gekommen, als er schon so da lag.

Der etwas kindlich wirkende Köhler, der schon immer den Geist eines Kleinkindes gehabt hatte, war von seinem Lehnsherrn missbraucht worden. Er hatte ihn geschickt mit Kräutern und Pilzen immer wieder in einen verwirrten Zustand versetzt, der ihn willenlos jeden Befehl des Schultheißen ausführen ließ. Alwine war dahinter gekommen und musste sich im Wald verstecken, denn sie wäre das erste Opfer geworden, wenn sie nicht die alte Wolfhöhle im Dickicht gefunden und zu ihrem Heim gemacht hätte. Es war ein klug ausgedachter Plan, den der Schultheiß verwirklichen wollte. Die armseligen Häuser außerhalb des Dorpes waren ihm schon lange ein Dorn im Auge gewesen, aber keiner von den Bewohnern wollte sein Land freiwillig hergeben, nur um die Ortschaft zu vergrößern. Er wollte alles niederreißen, um danach eine höhere Mauer um das ganze Areal ziehen zu können. Dann würde der Magistrat sein Dorp zur Stadt erheben. Mit den Rechten, die er dann hätte, wäre er einer der reichsten Männer ringsum. Noch hatte er das falsche Blut, da er von niederer Abstammung war, aber mit den Ländereinen könnte er um die Gunst der Herzogin buhlen, die ihren Mann bei einem Jagdunfall verloren hatte. Sie war die Schwester des Landesherrn von Brabant, jenseits des Rhenus. Wäre er mit ihr verbandelt, so würde er in den Hochadel aufsteigen.

Er wäre bei Hofe angesehen und kein einfacher Beamter mehr, der sich mit Alltagsgeschäften des Pöbels herumschlug.

Hätte, könnte wäre … das alles war nun Geschichte, denn im Endeffekt hatte er mit den Auftragsmorden damit angefangen, den Wundarzt zum Nachdenken gebracht und so war man überhaupt erst darauf gekommen, dass da irgendetwas sein musste, das nicht so war, wie es den Anschein hatte.

Das Gewölbe im Zeughaus war zur Unterkunft des schwarzen Schlitzers, den man als Raben beschrieben hatte, geworden und hatte unter der täglichen Kontrolle des Schultheißen gestanden.

Jetzt wussten die Bewohner auch, warum man das ganze Dorp immer wieder vergeblich nach ihm abgesucht hatte und ihn doch nie hätte finden können. Manche schlugen das Kreuz, wenn man unter der Hand nur von ihm gesprochen hatte, denn alle vermuteten schon den Leibhaftigen hinter den Taten.

Ein normaler Mensch wäre nicht imstande, solche Verbrechen auf sich zu nehmen und danach spurlos zu verschwinden. Einige waren dann auch enttäuscht, dass es sich doch um einen gewöhnlichen, wenn auch brutalen Mörder und nicht um den Satanus persönlich gehandelt hatte.

Der Prozess wurde vom Erzbischof als oberster Richter, den sieben Scheffen und dem Bruder des Herzogs, samt seiner Schwägerin im Zeughaus abgehalten.

Es ging darum, wer post mortum das weltliche Erbe des Schultheißen bekommen sollte, denn es gab keine direkten Nachkommen.

Die Bewohner des Dorpes waren sich einig, diese Ländereinen der Allgemeinheit zur Verfügung zu stellen. Kein jetziger Einwohner brauchte nun noch den Zins zu erbringen.

Die Allmende wurde erweitert und man baute tatsächlich eine weiter ausladende, höhere Mauer. Die Zeiten waren durch die Erfindung des schwarzen Knallpulvers nicht ruhiger und friedlicher geworden. Die ehrbaren Ritter, ihrer Aufgaben enthoben, wüteten nun plündernd durch die Lande, denn sie wollten sich auch weiterhin nehmen, was ihnen gebührte.

Die Dorpbewohner mussten das schützen, was sie mühevoll erwirtschaftet, oder wofür sie gestritten hatten.

Es dauerte drei Monde, bis man wieder über die Grausamkeiten des Geisterraben reden konnte, ohne sich nach allen Seiten ängstlich umschauen zu müssen.

Ruadh und Pieter freundeten sich mit einem Monk an, der im Kloster der Zisterzienser auf dem Grund der Grafen von Berg im Oldenthal ganz offiziell als Heiler sein Tagwerk verrichtete. Der Orden hatte sich hier im Tal niedergelassen und von den abgetragenen Steinen der alten Grafenburg ein umfriedetes Gemäuer errichten dürfen. Im Zentrum stand ein Dom, der jedoch nicht den gewohnten, hohen Glockenturm besaß, aber wohl vom selben Baumeister errichtet worden war, wie sein Ebenbild im Bistum Cöln. Ein weiterer Unterschied der beiden Gotteshäuser war wohl die Größe und dass man mit dem Bau der Monks schon fertig war, als die riesige Kathedrale in der Stadt noch immer im Rohbau stand. Gleich zwei Türme an der Abendseite sollte der Dom dem Grundriss nach bekommen, aber im Augenblick war lediglich der rechte Glockenturm zehn Ruten hoch, das entsprach 23 und ein Halb Mannslängen.

Auf dieser unfertigen, unebenen Spitze stand ein hölzerner Lastenkran, aber kein einziger Arbeiter war zu sehen und man schien damit zufrieden, dass der hintere Chor, der nach Morgen zeigte, eingeweiht worden war.

Die Grafen von Berg hatten derweil eine neue Burg, oberhalb der Wippera bauen lassen und sich für die Überlassung ihres alten Geländes ein Quartier und Heilstätte für die Lebenden und in dem Gotteshaus die Gruft für die Toten erbeten.

.

Der Monk war es auch, der dem gälischen Alchemisten, Kräutergarten Heilapotheke und die Herstellung von Salben und Tinkturen zeigte und ihn lehrte, sie sinnvoll anzubringen. So kam es, dass bald ein Kräutergarten im Dorp entstand und mit tatkräftigen Unterstützung von Bruder Laurentius neben der Heilstube des Baders auch ein Betrieb für die Herstellung von Tinkturen und Salben entstanden war. Der Alchemist arbeitete Hand in Hand mit dem Bader zusammen und stand so für Kranke, Verletzte und Alte mit Hilfsmitteln zur Verfügung.

Cathrin und Flora führten mit viel Geschick fortan die Schenke und richteten zusätzlich Stuben für die Übernachtung von reisenden Händlern ein. Die Straße durch das Tal der Wippera, vorbei am neuen Stammsitz der Grafen von Berg war wieder interessant geworden, weil sich hier zahlreiche Schmieden angesiedelt hatten, die hervorragenden, mehrfach gefalteten Waffenstahl herzustellen vermochten. Es war von solch hoher Qualität, dass es zum Status wurde, eine bergische Klinge zu besitzen, so man über die entsprechende Barschaft verfügte. Die beiden Männer hatten zwei größere Häuser nebenan erworben und für ihre Zwecke mit Behandlungsstuben umgebaut, in denen sie fortan sehr erfolgreich wirkten.

Ein Monk vom Ort der alten Burg des Grafengeschlechtes der Berger hatte sich zu ihnen gesellt und Jacob, der Sohn von Flora hatte nun schon zwölf Winter überlebt und es wurde Zeit, dass er sich für eine Arbeit entschied. Da er abwechselnd in der Stube des Wundarztes half und dann wieder mit Ruadh im Gewölbekeller Tinkturen zusammenstellte, war das für ihn eine gar schwierige Wahl. Beide Tätigkeiten übten den gleichen Reiz auf ihn aus und so lernte er das Richten der Knochen, verfaulte Zähne mit einer Zange zu entfernen genauso gut, wie den Anbau der Kräuter und die Herstellung der heilenden Tinkturen und Elixiere.

Er wurde ein guter Medicus, denn man hatte seine Fähigkeiten schnell erkannt und der Monk machte sich für ihn stark, bei seinen Brüdern im Kloster der Alten vom Berg sein Wissen noch mehr zu erweitern. Hier, bei den Zisterziensern wirkte er für zwei Winter, bevor er den Drang verspürte, auf die iberische Halbinsel zu den Mauren zu reisen, um von ihnen in die erweiterte griechische Heilkunst einzutauchen.

Nach weiteren fünf Wintern erhielt er von den Arabern, die den hiesigen Heilern im Wissen der Körpersäfte und dem inneren Zusammenspiel des lebenden Menschen um Längen voraus waren, einen Berechtigungsbrief, der ihm offiziell erlaubte, nun auch als Medicus arbeiten zu dürfen.

Das Dorp war mittlerweile zur Stadt angewachsen und da sie an einer wichtigen Handelsstraße lagen, wuchs die Anzahl der Bevölkerung an, auch ein gewisser Wohlstand hielt Einzug.

Es war an einem düstern Wintertag, als sich Ruadh aufmachte, in der alten Römerstadt am Rhenus Fluvius neue Elixiere und Pülverchen zu erstehen, als er auf dem Heumarkt einer Gruppe von Gauklern ansichtig wurde. Sofort stellten sich bei ihm die Erinnerungen an seine Reise wieder ein. Voll Wehmut kam er näher und … waren das nicht ein paar von den alten Recken, die ihn begleitet hatten? Seine Augen suchten fieberhaft nach dem Dunkelhäutigen und dessen Weib. Wie wurde sie noch gerufen? Svendos … Svendir? Jetzt hatte er es Sventtir!

„Heh, du da, reist das Weib aus Danmark mit ihrem schwarzen Beschützer noch mit euch?" Der Angesprochene schaute ihn an und wollte zunächst unwirsch reagieren, doch dann zuckte er zusammen, dachte kurz nach und sah ihm tief in die Augen: „Ich kenne dich. Woher nur kenne ich dich?" Er schaute vor sich auf den Boden und kratzte sein stoppeliges Kinn, kam aber zu keinem befriedigenden Ergebnis. Ruadh konnte ein Lächeln nicht verhindern: „Kennst du den kleinen Gaelic, den ihr vor etlichen Wintern in Scans getroffen habt?" Jetzt schien es ihm zu dämmern, sein Gesicht hellte sich auf. „Sag bloß, du bist dieser Rote aus Alba? Ich fass es nicht. Das müssen wir feiern. Komm, ich führ dich zu ihr, aber erschrecke nicht. Sie ist um Jahrzehnte gealtert, da man ihren Randolph als Hexer abholte und für drei Monde im Kerker foltern ließ. Als man ihn auf die Gasse warf, war er mehr tot als lebendig. Man nahm ihm das Augenlicht und sein Geist ist dahin, sieh selbst." Sie schlug eine Zeltplane beiseite und trat ein, gefolgt von Ruadh, der zunächst nichts sehen konnte, denn seine Augen mussten sich erst an das Dämmerlicht gewöhnen.

„Schau, wer uns besucht", sagte er zu einem Weib, das mit dem Rücken zu ihm saß und die Hand eines Greises hielt. Wenn das Randolph war, blass und mit schütteren, weißen Haarkringeln, dann muss er wahrlich im Höllenschlund gewesen sein. Er saß mit gesenktem Kopf und geschlossenen Augen da und schien nichts mitzubekommen, was um ihn herum passierte. Als sich das ehemals hübsche Weib zu ihm umdrehte, verschlug es ihm die Sprache. Da war kein gülden Langhaar, sie war gealtert und schaute ihn aus tiefliegenden, schwarzen Augenhöhlen an.

Sie musterte ihn und drehte sie sich um, als wäre sie an dem unerwarteten Besuch nicht interessiert. Sie nahm die Hand ihres geliebten Mannes und küsste sie liebevoll. Der Alchemist fasste sich ein Herz: „Der Kleine aus Alba, Ihr erinnert Euch nicht mehr?" Langsam bewegte sie ihren Kopf ein wenig: „Das war vor ewigen Zeiten. Ein schöner Traum, vergangen ist die Jugend. Geh zurück in dein Leben, deine neue Welt scheint besser zu sein, als das Leid, das in diesem Land herrscht."

Dann stand sie zitternd auf, schaute ihn aus flinken Augen an und flüsterte: „Man war ihm nicht ebenbürtig, deshalb wollte ihn dieses Pack loswerden. Seine Hautfarbe wurde ihm zum Verhängnis. Noch nicht einmal mir konnte er danach erzählen, was sie ihm angetan hatten. Was du da sitzen siehst ist seine leere Hülle. Sein Geist hat ihn verlassen. Ein Trauerspiel, wenn man bedenkt wie kraftvoll er auf dem Seil tanzte, wie er die Keulen durch die Luft wirbelte und wie die Leute ihm begeistert zujubelten ... und jetzt?"

Was wohl niemand im Zelt jemals erwartet hätte, geschah. Plötzlich schlug der Farbige seine Augen auf und richtete seine gebrochenen Augen in Richtung des Alchemisten. Die weißen Löckchen auf seinem Haupt glänzten und es schien ein flüchtiges Lächeln um seinen Mund zu zucken.

„Ah." versuchte er. „Alba, bist du das?" er streckte seine Hand hilflos in den Raum. Ruadh kam zu ihm und fasste seinen Arm:

„Du hast mich erkannt, ja ich bin es." Er beugte sich zu ihm und umarmte den gebrochenen Mann. Fassungslos standen die anderen im Zelt, Tränen flossen und Svendottir fiel auf die Knie und legte ihre Arme um die Beiden. „Odin hat mich erhört, er spricht wieder." Da meldete sich der Geschundene zu Wort und machte alle Hoffnungen auf schnelle Genesung zunichte: „Alba, du hast für ein Weib aber eine tiefe Stimme." Floras Sohn Jacob wurde oft von den beiden älteren Männern um seinen Rat als ausgebildeter Medicus gefragt und als er den gebrochenen Africans sah und ausführlich untersucht hatte, bot er sich an, den Mann mit einer Methode zu kurieren, die er von den Mauren im fernen Andalus gelernt und dort auch schon an verschiedenen Patienten mit Erfolg angewandt hatte.

Die alten Griechen erwähnten in ihren Schriften solche Möglichkeiten der Heilung und die Araber hatten sie mit Erfolg noch verbessert. Man nannte diese Behandlung Hypnosie.

Mit dem milchigen Saft der Mohnkapseln und dem schwarzen Pilz des Getreidekorns wurde der Patient in einen tiefen Schlaf versetzt, der nur seinen Körper, nicht aber den Geist lähmte.

In mehreren Sitzungen wurde dem Geschundenen wieder der Lebensmut zurückgegeben, den er in den vielen, peinlichen Befragungen seiner Gefangenschaft erlitt. Sein Augenlicht war nicht mehr wieder herzustellen, denn man war mit einem glühenden Eisen so nahe an sein Gesicht gegangen, seine Lider, wie auch Horn,- und Netzhaut völlig verbrannt wurden.

Trotzdem entwickelte der Farbige durch seinen starken Willen neuen Lebensmut und beachtete bald das Fehlen seines Sehsinnes kaum noch.

Er trug eine Binde um den Kopf, die mit Salbe durchtränkt war, um die nicht mehr zu schließenden Augen vor Schmutz, Hitze und Sonnenstrahlen zu schützen.

Mit einem langen Stock konnte er sich schon bald vor das Haus wagen und seinen Weg ertasten, um nicht zu stürzten.

Glückliches Ende

Wenn sie nach der Tagesarbeit alle zusammen vor der Schenke auf den Bänken saßen, erzählten sie noch oft von den irrigen Wegen und glücklichen Zufällen, die sie alle zusammenführten. Den gälischen Alchemisten Ruaraidh, den Bader Pieter, den genesenen Africans und sein überaus frohes Danmark Weib, das niemals geglaubt hätte, sich mit ihrem Randolph noch einmal normal unterhalten zu können. Und dann war da noch die ehemalige Hübschlerin Flora, die froh war, keine gelben Bänder mehr an ihren Armen tragen zu müssen, die sie als ein käufliches Weib gekennzeichnet hatten.

Eine große Demütigung, die als Anordnung des Klerus erlassen wurde, denn diese unsittliche Lebensweise wurde von ihnen scharf verurteilt. (Obwohl viele Monks, Pfaffen und Priester, ihre treusten Kunden waren und auch sonst wurden einige Kinder geboren wurden, deren Väter ausgerechnet sie waren.)

Flora hätte sich damals ein solch urbanes Leben nie erträumt und dann war da noch Cathrin, die in ihren alten Tagen doch noch von der Minne gepackt wurde und sich fürderhin mit dem Dorpschmied bestens verstand.

Pieter war Flora sehr zugetan und vermied es, sie auf ihre frühere Tätigkeit anzusprechen. Schließlich war auch er ein Kind der Liebe oder des Triebes, dessen Vater niemand kannte. Der Altersunterschied zwischen den beiden war zwar groß, aber auch sie verfielen dem süßen Hauch der Verführung.

Für Ruadh erschien eines Tages Eros, in Gestalt eines Weibes, die mit Händlern von den nordischen Inseln gekommen war. Sie hatte etliche Aventüren hinter sich, das sah man ihren Falten und den Ringen unter den Augen an, aber ihr rotes Haar und die leuchtend grünen Augen waren immer noch voller Leben. Sie sahen sich schon beim ersten Mal sehr tief in die Augen und bei seinen fragenden Worten antwortete sie ihm in der gleichen Sprache, die er so lange vermisst hatte. Sie schienen tatsächlich Seelenverwandte zu sein, denn bei dem anschließenden, ausschließlich gälischen Wortgefecht, das natürlich keiner der Umstehenden zu verstehen mochte, trieb es ihm feuchte Tropfen aus den Augen und es war endgültig um ihn und seine Einsamkeit geschehen. Das Weib blieb gerne bei ihm und machte sein Leben noch wertvoller, als es ohnehin schon geworden war.

Man hatte die alte Mauer des Dorpes abgerissen und durch eine höhere, breitere Wallanlage ersetzt. Sie führte in einem weiten Bogen hinter dem Weiher entlang und vergrößerte somit die Grundfläche des Dorpes um das Doppelte. Weitere Bürger hatten sich angesiedelt und es wird wohl nur noch eine Frage der Zeit sein, wann sie das Stadtrecht bekommen würden.

Nachsatz

Es mag verstörend wirken, wenn ich die völlige Blindheit eines Menschen so schildere, wie in der vorliegenden Geschichte, aber ich bin mit einer Frau groß geworden, die leider in sehr jungen Jahren ihre Sehkraft durch eine Hirnhautentzündung vollständig verloren hatte und trotzdem ihr ganzes Leben lang mit aller Konsequenz erfolgreich behauptete, zwar etwas verschwommen, aber doch alles sehen zu können. Sie war ungern auf Hilfe angewiesen, auch wenn viele Bekannte ahnten, dass sie schon lange nichts mehr sehen konnte …
                    es war meine Großmutter.
Da ich sie nach der Schule sehr oft zu anderen, älteren Frauen begleiten und führen musste, weiß ich, wovon ich rede.
Ich erinnere mich noch genau an ihren festen Griff, mit dem sie meinen Arm hielt, während wir durch die Straßen gingen.
Es war mir strengstens von ihr verboten worden, sie verbal auf Hindernisse aufmerksam zu machen. Mit sanftem Druck

meiner Hand musste ich so versuchen, sie ohne Sturz ans Ziel zu bringen. „Stufe", oder „hierher", waren die einzigen Worte, die ich ihr leise zuflüstern durfte, wenn niemand zugegen war.

„Ich will nicht, dass andere denken, ich könnte schlecht sehen, nur weil alles etwas dunkel und diesig ist."

Meine Eltern zweifelten lange daran, ob sie wirklich nichts mehr sehen konnte, denn sie kochte (auf einem Gasherd!!!), strickte herrliche Pullover mit unterschiedlichen Mustern und bewegte sich innerhalb der Wohnung zügig und sehr sicher … wenn man keinen Stuhl verstellte oder unsere Katze zufällig ihre Schritte kreuzte, hätte man gemeint, sie könnte tatsächlich noch etwas sehen.

Erst nach ihrem Tod haben wir von einem Arzt erfahren, dass sie seit ihrem 9. Lebensjahr nichts mehr erkannte und spätestens mit 20 völlig blind geworden war.

So hat sie auch nicht wirklich gewusst, wie ihre Tochter, der Schwiegersohn und schließlich natürlich auch wir beiden Enkelkinder aussahen.

Sie wollte kein Mitleid und hatte damals einmal sehr energisch reagiert, als mein Vater wegen unserer finanziellen Situation erwähnte, dass sie eine Blindenrente beantragen könnte.

Tage, ja Wochen hat sie wegen dieser Äußerung meines Vaters nicht mehr mit ihm gesprochen und es ihm auch später immer wieder vorgeworfen.

War es Eitelkeit? Wollte sie uns nicht zur Last fallen?

Ich werde es nie erfahren.

Jedenfalls blieb mir ihr ungetrübter Lebenswille und Mut in Erinnerung und die Tatsache, dass sie in ihrem Mann, meinem Großvater einen getreuen und stets hilfsbereiten Freund und Lebenspartner gefunden hatte.

Roman Schmidt

Grausliche Zeiten ... oder Vielfacher Mord

Eine weitere Geschichte aus dem Mittelalter

Das Interesse an vergangener Zeit scheint ungebrochen und so versuche ich in einem weiteren Mittelalter-Roman wieder die alltäglich gebräuchlichen Ausdrücke aus dieser düsteren Zeit zu verwenden, die wir alle noch in unserem Sprachgebrauch haben, jedoch manchmal deren ursprüngliche Bedeutung nicht mehr wissen oder zweckentfremdet benutzen.

Z.B.: auf dem Holzweg sein, mit klingender Münze bezahlen, die Katze im Sack kaufen, Farbe bekennen, Flagge zeigen, in die Schranken weisen, etwas abknöpfen, gut betucht, ein Auge riskieren, vortrefflich sein, unter die Haube kommen, link sein, auf den Nägeln brennen, mit dem Latein am Ende, die Kurve kratzen, blau machen…,

Es gibt unendlich viele Redewendungen, die bei näherer Betrachtung durchaus auch gedeutet werden könnten. Schwieriger wäre das mit den damaligen Wörtern und deren Schreibweise, wie ein mir vorliegendes Papier beweist:

…eine kirchenwiese haltendt ungefehr mit dem wier einen morgen blechs gelegen im kirspel geneden der wiesen auff die . . . schiessende zwolff jahrlankh wem es nit lenger geliebt zu sechs jahren auffzusagen vndt abzustehn vnndt sollen gedachte pechtere davon alle jahrs uff Martini den kirchmeisteren zur zeit vor pacht bezahlen fir thaler colsch vnndt diese pacht jahren uff Philippi & Jacobi dieses jahrs erst angehen vnndt erscheindt also uff Martini dieses jahrs der erste pfacht . . Petern vff 35 Jahr alt zeugt bei Aidts statt, das er keinem theil verwandt, vnnd in dieser Nachparschafft erzogen gesehen vnnd gehoert habe, das ...

Da es schwierig ist, dem Verlauf der Gerichtsakte zu folgen, versuche ich in Handlungen und der persönlichen Ansprache in der dritten Person, eine Atmosphäre zu schaffen, die den geneigten Leser in eine entsprechende Stimmung versetzt.

Bei der Hexe

Sie wählten die Abendstunden, um nicht gesehen, geschweige denn erkannt zu werden. Wer suchte schon nächtens eine Frau auf, der man Verbindungen zum Satanus nachsagte? Sie war von der weit entfernten Halbinsel Iberia gekommen, genauer gesagt aus dem, von Arabern besetzten Andalus. Ihr eindringlicher Blick und die Gabe, in die Future sehen zu können, hatten ihr Respekt, aber auch Angst bei der niederen Bevölkerung eingebracht,
Sie sprach manchmal mit Schaum vor dem Mund, ein wirres Kauderwelsch und einige behaupteten fest, dass sie unserer Sprache nicht so recht mächtig war. Anderentags erzählte sie fließend lange Geschichten, ohne zu stocken. Bei spirituellen Sitzungen, so konnten die alten Weiber berichten, die sie bei Vollmond aufgesucht hatten, verdrehte sie die Augen bis nur noch das gelbliche Weiß ihrer Augäpfel zu sehen war. Dann plauderte sie über die Dinge, die bald über alle hereinbrechen würden. (gegen klingende Münzen, versteht sich!)

Da also die abenteuerlichsten Geschichten über die alte Frau kursierten, näherte sich das junge Paar ängstlich dem einsamen Gehöft, auf dem sie wie man zu sagen pflegte, ihr wildes Unwesen trieb. Mancher hatte schon mit sich gerungen, sie beim Schultheiß oder dem hiesigen Pfaff der Hexerei zu bezichtigen, aber dann war ihnen die Alte plötzlich im Schlaf erschienen und hat ihnen mit dem Verlust ihrer Männlichkeit gedroht. So wirkte sie unbescholten auf dem Einsiedlerhof.

Es gab keinen Griff, keine Klinke am Eingang, aber die Tür war angelehnt. Joris und Agnieß traten zögernd in den dunklen Flur, aus dem ihnen ein fürchterlicher Gestank entgegenschlug. „Hallo? Ist hier jemand?"

Wie aus dem nichts baute sich ein Schatten vor ihnen auf.

Da stand sie! Eingehüllt in ein bodenlanges Tuch, mit weißem, schütteren Haar und einem zerfurchten, alten Gesicht.

Die funkelnden Augen passten nicht in das greise Antlitz. Erstaunlich freundlich empfing sie ihren späten Besuch: „Hab euch erwartet, jaja erwartet! Vamos!" Dann hob sie die Augenbrauen: „Und? Ihr wollt also ein Toxikum?" Die beiden waren verwirrt und stotterten etwas von nicht einschlafen. . „Redet nicht so unwirsch herum! Ich seh euch doch an, dass ihr einer ungeliebten Seel dazu verhelfen wollt, schneller vor den Schöpfer zu treten! Muerto rapido, si?" Sie lachte wirr auf. „Wie soll`s denn geschehen? Ich habe feine Tinkturen! Sollen es wilde Träume sein, arge Pein, oder vielleicht ein sanftes Entschlummern, ohne jeglichen Verdacht? Sin sospecha? Miras los flores! Nette Blümlein, harmlos ausschauend oder hier, die Gewächse der Myzelien, der Pilze, sie bergen Toxin in sich, die uno Oso, wie sagt man, Bär? Bueno! Den würden sie umhauen. Das ist wie die braven Menschen, die euch anschauen, lächeln und den geschliffenen Dolch hinterm Rücken halten."

Sie ging in gebückter Haltung in einen weiteren, düsteren Raum. Hier hing ein fleckiger Linnen Stoff, gut zwei Klafter breit an der hinteren Wand. Sie schob ihn beiseite, was dazu führte, dass eine dicke Staubwolke den Raum erfüllte. Sie schnäuzte ihre Nase und zeigte stolz auf ein freigelegtes Regal. Dicht gedrängt standen da kleine Fläschchen, Dosen und Tüten mit allerlei farbigen Pulvern und getrockneten Kräutern.

„Das alles gab mir die Natur! Seltsam, nicht wahr? Sie nährt uns und kann uns doch so schnell zum Schöpfer schicken!"

Sie legte den Kopf ein wenig schief und betrachtete das junge, schüchterne Paar, das einen so gefährlichen Wunsch hegte: „Seid ihr euch einig geworden?" Sie drehte sich herum und es schien, als wollte sie in ihren Hirnen lesen, denn sie schaute starr in ihre Gesichter, lächelte und wusste die Antwort.

„Grässliches Leiden, über Tage, wenn nicht Wochen? Bueno! So wollen wir mal schauen, was sich da so zusammenbrauen lässt!" Mit flinken Fingern tastete sie durch das Regal und murmelte dabei allerlei Begriffe, die die Beiden noch niemals zuvor gehört hatten: „Schwarzes Bilsenkraut, Engelstrompete, Goldregen, weißer Germer, Hundspetersilie, Herbstzeitlose,…" Bei jedem Begriff machte sie eine Pause. „Der Extrakt vom Knollenblätterpilz, Speiteufel oder Gallenröhrling, etwa?" wieder erwartete sie einen Kommentar und schaute die beiden auffordernd an: „Kennen wir alle nicht!" sagte das junge Weib mit einem feinen Zittern in der Stimme, denn sie war sich jetzt nicht mehr so sicher, ob sie die ganze Prozedur durchstehen würde, ohne sich zu verraten. Die Alte stockte und kam ganz nah auf sie zu. Ihr schlechter Atem stach der Jungfer in die Nase, ein Gemisch aus Knoblauch, Essig und faulen Eiern. Unwillkürlich musste die Dirn würgen. Worauf hatte sie sich hier eingelassen? „Kindchen", sagte sie plötzlich liebevoll und legte vertraut ihre knorrigen Finger auf ihren Handrücken. „Hab keine Scham, denn was er dir angetan hat, das duldet kein Erbarmen! Wasserschierling! Das ist gut, Wasserschierling mit einem Gemisch aus Tollkirsche und Eisenhut!" Während sie die entsprechenden Gläser aus dem Regal nahm und die Tinktur zusammenstellte, gab sie ein wirres Lachen von sich, abgelöst von beschwörenden Worten und einer tiefen, krächzenden Stimme. „Acabada! Fertig!" Sie hielt ihnen zwischen Zeigefinger und Daumen ein Fläschchen entgegen, das eine bläuliche Färbung hatte: „5 Tropfen in ein Glas Wasser, Wein, oder eine andere Flüssigkeit!" Dabei hielt sie ihre Hand auf und ergänzte: „Einen Schilling sollte es Euch wert sein!" Zitternd zog der Jüngling den ledernen Beutel, der an seinem Gürtel hing nach vorn, lockerte die Bänder und griff mit der Rechten hinein. Dann drehte er sich um und bemerkte, wie die Alte ihm dabei gierig über die Schulter schaute.

„Nana, Ihr bekommt Euren Schilling!" Er suchte in der geöffneten Hand die verlangte Münze, fand einen halben Albus und gab ihn der Hexe. Sie betrachtete das zerteilte Metallstück und schüttelte den Kopf: „Einen Schilling, sagte ich!"
Der Jüngling nickte: „Ich hab keine Spinn im Ohr! Ein Albus hat den Wert von zwei Schillingen, also ist dieser halbe Albus der Lohn, den Ihr verlangt habt!" Mit krauser Stirn hob sie die Schultern, rechnen schien nicht ihre Stärke zu sein. Sie biss mit ihren verbliebenen Eckzähnen auf das halbe Blech und ließ dann murrend das Geldstück in ihrer Tasche verschwinden. „Wenn Ihr mir nicht den wahren Wert gegeben habt, so werdet Ihr die Blattern bekommen, denkt immer daran!"
Verstört nahm die Maid das kleine Fläschchen und wickelte es in ein Linnen Tuch, dann legte sie das gefährliche Bündel in eine Falte ihres Gewandes. Als sie wieder zurück im Flur waren, wiederholte die Alte noch einmal die Dosierung: „Fünf Tropfen auf einen Trinkbecher! Beachtet das, sonst wirkt die Tinktur so rasch, dass ihr euch nicht mehr entfernen könnt!" Wieder folgte ein wirres Lachen und als sie die Tür schließen wollte, stellte der Jüngling einen Fuß zwischen den Rahmen: „Wenn es nicht den erwünschten Erfolg bringen wird, so komme ich wieder!" Die Hexe schien von solch einer plumpen Drohung völlig unbeeindruckt. „Die Tinktur reicht aus, um deine ganze Sippe zum Schöpfer zu schicken, denk aber daran, dass die Wirkung nachlässt, wenn du zu lange wartest, denn wenn ein Mond vergangen ist, so sind die pflanzlichen Toxine verflogen!" Das Pärchen ging über den Hof und der Jüngling entzündete eine Flamme. Er steckte damit die zwei Fackeln an, die an beiden Seiten des Pferdegespanns angebracht waren. Der Mond stand hell und groß am nächtlichen Firmament, als sie aufsaßen und mit: „Hüa!" die Peitsche knallen ließen. Der Kaltblüter zog an und trabte den einsamen Weg zurück in das benachbarte Dorp, aus dem sie gekommen waren.

„Meinst du, dass es wirklich Recht ist, wenn wir so handeln?" fragte die Dirn, um ihr Gewissen zu erleichtern. Ohne anzuhalten antwortete der Mann: „Wir waren bei der Hebamme und haben von ihr erfahren, dass dieses schändliche Tun des Herzogs bei dir zum Glück keine Leibesfrucht hinterlassen hat. Zur Sicherheit hat sie dir einen Einlauf mit Säuren verabreicht. Du hast es doch erdulden müssen! Ich lasse das nicht zu! Wäre ich bei dir gewesen, ich hätte dich ihm nie überlassen! Warum hat dein dämlicher Vater sich nicht gegen seinen Herold und die Häscher gestellt? Dann brauchten wir das mörderische Spiel jetzt nicht zu machen!"

„Lass Vater aus dem Spiel! Er ist alt und müde, wie hätte er es alleine mit drei Landsknechten aufnehmen sollen?"

Der Jüngling schwieg und führte geschickt das Gespann über den holprigen Feldweg, bis sie die alte Römerstraße und damit eine geruhsamere Fahrt vor sich hatten.

Er erwähnte die schicksalhafte Nacht seiner Braut nicht mehr, denn es würde nur immer wieder alte Wunden aufreißen.

Mit dem Tod des Herzogs, so hoffte er inständig, wäre auch jegliche Altlast von ihr genommen.

Wie hatte der schlaue Pfaff doch immer gepredigt?

Auge um Auge, Zahn um Zahn! So soll es im Buch der Bücher geschrieben stehen und damit hatten sie die Legitimation so für sich ausgelegt, dass es ihr gutes Recht sei, so zu verfahren.

Nur dass es für sie als Leibeigene kein Recht gab und sie das persönliche Eigentum des Herrschers waren ... daran dachten sie in diesem Augenblick nicht.

Sie wollte ihre Rache und er unterstützte sie dabei ... koste es auch ihrer beide Leben ...

Derweil im Herrenhaus der Feste

Der Herzog hatte wieder einmal seine launischen Momente, denn seine auserwählte Mätresse für die nächste Nacht war plötzlich stur geworden und unwillig hinausgerannt.

Ein Lächeln glitt über das Gesicht der Herzogin, der diese abgesprochene Aktion des jungen Weibes vorhin einen halben Dukat wert gewesen war.

Sie selbst stand dem fetten, alten Adeligen nicht mehr zur Verfügung, denn sie war seiner schon seit etlichen Wintern überdrüssig geworden und suchte ihrerseits nach jüngeren Freudenspendern, die kraftvoll und willens waren, ihrer Herrin gerne des nächtens dienlich zu sein.

Während man noch ausgiebig dem Gerstensaft und den üppig dargebotenen Speisen frönte, wollte daraufhin der Herrscher enttäuscht die Tafel vorzeitig aufheben. Dies Gehabe kannte man nur zu Genüge und war darüber nicht sonderlich erstaunt.

„Legt kein Holz mehr ins Kaminfeuer! Räumt die Bohlen frei und stellt sie zur Seite! Wir sind müde, haben genug gespeist und sind jetzt satt!" Er schaute dabei grimmig zur Tür, wo soeben seine nächtliche Gespielin entflohen war.

Als die Diener der Aufforderung folgen wollten, legte sein adeliges Weib am anderen Ende der Tafel beide Arme flach vor sich zwischen das Geschirr. „Mich dürstet und mein Magen will noch gefüllt werden! Wagt es ja nicht, mir die Speis zu nehmen!" Sie schaute entschlossen zum Herzog, der mit weit geöffnetem Mund den unverhofften Widerspruch vernahm.

Die Blicke der verängstigten Pagen, der Ritter und Edeldamen wechselten zwischen den Eheleuten, denn keiner wollte nun nachgeben. Plötzlich hatte sein Weib einen Dolch in der Rechten und drohte damit dem Pagen, der einen Teller greifen wollte: „Was waren meine Worte? Entfern dich, sonst trenn ich dir ein paar Finger ab!" Der Herzog hatte verloren.

Er mühte sich trunken aus dem Scherenstuhl, wischte sich durchs Gesicht, winkte ab und taumelte zur Tür.

„Was schert es mich! Fresst! Sauft! Aber stopft dem Barden das Maul oder bindet seine Finger, damit er die Leier nicht mehr drehen kann! Ich will nicht mehr gestört werden. Die minnekranken Weiber können sich am hellen Tag an seinem unmelodischen Gejaule erfreuen!"

Als der Troubadour seine Musik unterbrach und ebenfalls gehen wollte, forderte die Herzogin den Musikus auf, weiter zu spielen. „Spielmann! Lass etwas Lustiges erschallen, denn ich bin noch lange nicht müde und lausche dir gerne!"

In der geöffneten Tür drehte sich der Herzog noch einmal um, denn er hatte die Aufforderung seines störrischen Weibes trotz seines Zustandes doch noch mitbekommen. Bevor er jedoch etwas dazu sagen konnte, sprach sein Weib laut zum Musikus: „Etwas leiser, wenn`s geht, denn mein Gatte soll seinen Schlaf haben! Er hat es bitter nötig." Leise flüsterte sie jedoch weiter: „Soll er den ganzen Winter durchschlafen . . ."

Die letzten Worte hatte der betrunkene Burgherr nicht mehr mitbekommen und war mit der Ansprache seines Weibes an den Spielmann zufrieden, denn er nickt und anschließend fiel die Tür krachend ins Schloss. Als ein lautes Poltern folgte, befahl sie den Dienern, sich um den Herzog zu kümmern, damit er ins „richtige" Schlafgemach finden möge.

Die Pagen verbeugten sich, denn sie hatten die versteckte Andeutung vernommen und führten den Befehl ihrer Herrin nur allzu gerne aus.

Wie oft schon hatten sie zuvor gleiches getan und dem verhassten Adeligen so manchen Streich, manchen Tritt verpasst, wenn er total trunken von ihnen aufgelesen worden waren ... unfähig, sich an das alles am nächsten Morgen noch erinnern zu können ...

Am nächsten Morgen

„Sieh an!" Der Herzog war erstaunt darüber, dass die Zofen seines Weibes ihm einen überraschenden Besuch so erschweren wollten. Da ging doch was vor sich! Endlich verschaffte er sich mit seinen Pagen Zutritt zu den Gemächern seines Weibes, wobei seine Begleiter den Dienerinnen die Mäuler stopften, damit sie ihre Herrin nicht mehr warnen konnten und schon sah er nun auch den Grund dafür! Es stimmte also doch! Wie konnte sich sein Weib dazu erniedrigen, sich mit einem Niederen zu vergnügen? Da lag dieser Spielmann mit blankem Hinterteil in der Bettstall seiner Angetrauten und bescherte ihr, was ein Eheweib in einer solchen Situation ungern zugab, höchste Wonne.

Als sie einen kurzen Augenblick ihre Augen öffnete und unter den dünnen Oberarmen des Troubadours hinweg zur Tür schaute, entdeckte Minna ihren, zu Recht tobenden Gatten und reagierte sofort. „Du Unhold!" schrie sie plötzlich mit hochrotem Kopf und stieß den, vor Liebesglück Trunkenen so kräftig von sich, dass er aus der Bettstall rutschte. Er war zu benommen, als dass er begriffen hätte, was sich hinter seinem Rücken tat. Er hatte immer noch nicht den Gatten bemerkt, der jetzt drohend die Hand an den Griff des scharfen Dolches legte. Der Barde rappelte sich auf und stieg sofort wieder zurück zu den ungetreuen Weib: „Du willst es also wild? Gut, das kannst du haben!" Das stürmische Trommeln ihrer zärtlichen Fäuste, nun gut, es mag sehr halbherzig gewesen sein, wurde von dem Spielmann als Liebesrausch wahrgenommen. Soeben wollte er sich wieder Zugang zum Paradies verschaffen, als er erstaunt den riesigen Schatten neben sich bemerkte und die blanke Klinge an seinem Hals spürte. „Nur zu! Beweg dich! So wirst du dir selber den Odem nehmen!" Der Barde war augenblicklich zur Salzsäule erstarrt.

Er verharrte regungslos zwischen den Beinen der Edeldame und stützte sich dabei mit den Armen so weit von ihr ab, dass er sie mit dem Oberkörper nicht mehr berührte.

Dann vernahm er die donnernde Stimme des feisten Burgherrn: „Aus meiner Bettstall, du Melodeienquäler! Die Sol steht hoch am Firmament und du wühlst hier in fremden Tüchern?"

Wie hätte er glaubhaft diese Situation erklären sollen? Er war noch zu jung dazu, in baldiger Zukunft seine Männlichkeit mit glühenden Eisen im Kerker zu verlieren . . . eine Ausrede, irgendetwas musste ihm einfallen! Jetzt! Er hob den Kopf und öffnete die Augen: „Herr, Ihr? Was macht Ihr in meinem Schlafgemach?" Dann schaute er in das erstarrte Gesicht des zierlichen Weibes, das immer noch regungslos unter ihm lag. Er spielte den Erschrockenen, wehrte die drohende Klinge des Herzogs beiseite und sprang auf die Füße. Dabei fiel sein hochgeschobener Kittel wieder herunter und verdeckte die geschrumpfte Pracht des Jünglings. Er stellte sich, die Arme vor der Brust verschränkt, neben den Edeling und zeigte auf dessen Weib und meinte: „Das ist gar nicht die Dienstmagd! Wo versteckt sie sich? Der werde ich aber was erzählen!"

Bevor er dieses Schmierentheater noch mehr auf die Spitze treiben konnte, wurde er barsch von dem Burgherrn im Genick gepackt. „Ich sollte dich aus der Windluke in den Hof werfen, aber ich habe etwas Besseres mit dir vor.

„Gebt ihm die Laute! Zur Strafe wirst du mir jetzt meine Lieblingsmelodei vorspielen. Greif in die Saiten, Spielmann! Aber mit Bedacht, denn ich habe sie gegen messerscharfe Drähte austauschen lassen! Ich will keinen falschen Ton hören! Und nehmt ihm die ledernen Fingerlinge! Er soll zeigen, ob er mit seinen Händen genauso unbedacht umgeht, wie mit, na, ihr wisst schon!" Dann beugte er sich zu seinem, noch angetrauten Weib, das dieser belehrenden Prozedur beizuwohnen hatte.

113

„So oder so, mein Kind! Für dich hab ich etwas Besonderes vorbereitet! Ich werde dafür sorgen, dass dich nie wieder ein Kerl besteigt und danach wird dir weder ein Bader, noch der Medicus mehr helfen können!"

Dabei hob er mit der Hand ihr Kinn und zwang sie, ihm in die Augen zu schauen. Spätestens jetzt wusste sie, dass es für sie keinen Ausweg gab und ihr die schlimmste Pein von dem gekränkten Herzog bevorstand.

Wider Erwarten ließ der Spielmann die Laute trotz der erschwerten Bedingungen so harmonisch erklingen, dass es dem Burgherrn unmöglich war, ihn nun noch zu bestrafen, denn immer noch tat der Barde unschuldig und hatte zusätzlich an Eides statt erklärt, sich lediglich im Zimmer vertan zu haben und der Zofe hatte beiwohnen wollen.

„Verschwinde er aus meinen Augen und wage nicht, noch einmal meine Feste zu betreten!" Der Burgherr fühlte sich gedemütigt und konnte nun nur noch seine ganze Wut an der jungen Gemahlin auslassen. So wurde es dem Troubadour von den Weibern der Feste zugetragen. Sie versteckten ihn sogar bei sich in der Kemenate und später bekamen sie auch heraus, dass die Ehebrecherin ins Angstloch gesperrt worden war, Tag und Nacht von einem Soldaten bewacht. Der Edle war in seiner Männlichkeit gekränkt und vor den edlen Weibern bloßgestellt worden. Was er sich all die vergangenen Jahre mit einfachen Weibern und den vielen Mätressen wie selbstverständlich genommen hatte, darüber durfte ein Eheweib nicht einmal für sich alleine träumen. Er wollte sie leiden sehen - für ihre Untat quälen und dahinsiechen lassen.

Aber er hatte nicht mit dem Barden gerechnet, der in Glut der Minne verfallen, nun erst recht das Weib aus den Fängen des Edlen befreien wollte. Er stahl eine Kutte aus der Kapelle der Feste und schritt entschlossen in den Hof, um in der hintersten Ecke das Angstloch aufzusuchen.

„Was willst du hier, Monk?" fragte der Bewacher, als er des Kuttenmannes ansichtig wurde. Der verkleidete Barde musste noch ein paar Schritte auf ihn zugehen, um aus dem Blickfeld der umgebenden Gebäude zu kommen. Als er jetzt dicht neben dem Soldat stand, lächelte er und bat um den Schlüssel des Gitters, um dem armen Weib die letzte Beichte abzunehmen.

Während sich der Bewacher bückte, um das Schloss zu öffnen und das Gitter hochzuklappen, spürte er einen Schlag gegen seine Hüfte, gleichzeitig fuhr ihm schmerzlich ein scharfer Dolch in die Seite, während die freie Hand des Verkleideten seinen Mund fest zusammengepresste. Ein kurzes, letztes Aufbäumen, dann ließ das Stöhnen nach und er rutschte matt zur Seite. Der Stich war sofort tödlich.

Ein Blick in die Grube genügte dem verkleideten Barden, um festzustellen, dass er eines Trittstegs bedurfte, um den Boden des gut 5 Klafter tiefen Lochs erreichen zu können. Bei dem verschmutzten Bündel aus ehemals edlem Gewand und den herausragenden nackten Füßen handelte es sich zweifellos um das angetraute Weib des Herzogs, das es nun zu befreien galt. Er stand auf und schaute sich um. Neben den Stallungen stand ein langer Balken, der mit den vielen Querhölzern vermutlich dazu am besten geeignet schien.

Bald hatte der Barde den schweren Stamm in die Grube gestellt, war heruntergestiegen und bemühte sich nun, das junge Weib auf seine Schulter zu laden, um mit ihr den Aufstieg zu wagen. Er mühte sich redlich, musste sich aber vorher seiner Kutte entledigen. Als er den leblosen Körper endlich oben, neben dem Gitter auf den Boden gelegt hatte, stieg er noch einmal hinab, nahm die Kutte und streifte sie wieder über seine Kleidung, zog den schweren Balken hoch und stellte ihn zurück an den Schuppen. Dann hob er das Gitter an und ließ es sanft wieder die Grube versperren. Den Toten brachte er in eine hockende Stellung, gestützt von zwei

Holzlatten, die neben ihm gelegen hatten. Das Schwert des Mannes schnallte er samt dem ledernen Gürtel unter sein Mönchsgewand, hob die ermattete Maid hoch und trug sie ohne jegliche Kontrolle zurück in die Kemenate. Sie musste erst wieder zu Kräften kommen, denn in diesem Zustand war es unmöglich, sie aus der Feste bringen.

Die Edeldamen waren auf ihrer Seite und so versteckten sie das Minne-Paar in einer, der vielen Kammern, die von den anderen Mannsbildern noch nie betreten worden waren.

Schon am frühen Abend wurde es im Hof unruhig. Soldaten liefen durcheinander, das Fallgitter wurde heruntergelassen und in Gruppen durchsuchten die Männer im Auftrag des Herzogs Haus für Haus, Gebäude und Stallungen, selbst die Gänge innerhalb der Burgmauern wurden nicht ausgespart und trotzdem blieb die junge Maid verschwunden. Gerüchte machten die Runde und die edlen Weiber beteiligten sich daran.

„Der Barde kann's nicht gewesen sein, denn der war schon vor zwei Tagen aus der Feste gerannt, um sein Leben zu retten!"

„Sie ist mit der Hilfe von Satanus geflohen!"

„Sie weilt bestimmt nicht mehr unter den Lebenden!"

Der Burgherr wollte von dem Geschwätz nichts wissen und spornte seine Männer weiter an. „Durchsucht mir jeden Winkel, jedes Gemäuer! Ich will Klarheit darüber haben, ob sich dieses flatterhafte Weib nicht doch irgendwo verbirgt!"

Der Hofnarr war der einzige, der dem Herzog mit unflätigen Sprüchen aufwarten durfte, im Normalfall! Dass es sich hier nicht um eine harmlose Bagatelle handelte, musste er dann alsbald schmerzlich erfahren. Es war am Abend des dritten Tages nach dem Verschwinden der Gefangenen aus dem Angstloch und der Ermordung des Ritters, der sie zu bewachen hatte, als die hohen Herren im großen Saal beisammen saßen. Die Pagen hatten soeben die breiten Bretter von den Holzböcken genommen und beiseite geräumt, nachdem sie das

Geschirr und die Reste des Abendessens zurück in die Küche gebracht hatten. Somit war die „Tafel" aufgehoben.

Leise Unterhaltungen, flüsternde Stimmen und ein vorsichtiges Drehen der Leier folgten, um Kurzweil unter die Ritter zu bringen. Da unterbrach der Herzog die friedliche Atmosphäre mit barschen Worten: „Ihr seid unfähige Landsknechte, keine Ritter die es verdient haben, sich an meiner Tafel zu ergötzen, denn ihr habt es immer noch nicht geschafft, mir das ungetreue Weib unter die Augen zu bringen!" Plötzlich war es ganz still. Keiner wagte es, dem Herzog zu widersprechen, bis auf den listigen Narr, der ihm schon seit Jahren beratend zur Seite gestanden hatte und nun seine Drehleier wieder auf den Schoß nahm und ein Lied anstimmte. Zu den leisen Tönen erfand er einen frivolen, neuen Text, den er nun in Reimen vortrug:

„Wie konnte die dumme Frau nur in der Bettstall huren,
das darf doch nur ihr Mann mit den Weibern der Buren.
Er allein nimmt sich das Recht, seine Gelüste zu stillen,
er befiehlt fremde Dirnen nach seinem Willen . . .
sie hat doch kein Recht auf fremde Minne,
und so straft er sie ab, denn sie war wohl von Sinne . . . "

Die Leier brachte noch ein paar quälende Töne hervor, als sie dem Narren entrissen und auf den Boden geworfen wurde.

Er war zu weit gegangen und hatte damit die uneingeschränkte Macht des Herzogs ins Lächerliche gezogen, ja er hatte damit sogar die wüste Lebensweise des Burgherrn an den Pranger gestellt. Das konnte ihm der Herzog nicht durchgehen lassen. „Steckt ihr alle unter derselben Decke?" Wutentbrannt schaute er in die Runde seiner Ritter, während er den Narren fest mit der geballten Faust am Kragen hielt und ihn drohend in die Augen sah. Scheinbar unbeeindruckt antwortete der Hofnarr: „Herr, ihr habt meine Leier zerstört! Nun kann ich das Lied nicht weitersingen!" Der Herzog lockerte seinen Griff, denn er war fassungslos und tief getroffen von dem widerspenstigen

Gehabe seines Beraters. „Ich bedarf deiner Lieder nicht mehr, denn sie sind mir ein wenig zu dreist geworden. Du darfst aber fortan weiter links neben mir sitzen. Stumm zwar, denn mein Kerkermeister wird dir die Zunge herausreißen, aber das war wohl nach deinem Singsang auch zu erwarten. Du hast es übertrieben, du warst ein wenig zu keck!" Er bückte sich und hob die zersplitterte Drehleier hoch, lächelte und warf sie erneut mit Wucht auf die Steinfliesen.

Dann trat er mit hochrotem Kopf darauf herum, bis sich die Drähte und der Kasten völlig aufgelöst hatten. Dann rief er wütend nach dem groben Gesellen, der seine sadistische Ader in den Gewölben mit gieriger Lust ausüben konnte.

„Man befolge meinen Befehl, sofort! Fasst ihn und nehmt ihn mit in den Kerker! Ich bin seiner dreisten Worte überdrüssig!"

Immer noch dachte der Hofnarr an einen derben Spaß, den sein Herr mit ihm zu tun gedachte, aber als der Hüne ihn breit angrinste und dabei seine schwarz verfaulten Zahnstumpen zeigte, ihn grob packte und mit Gewalt zum Kellergewölbe gezerrte, hatte er nun doch eine fahle Gesichtsfarbe bekommen.

Wie oft hatte der Herzog über seine feisten Sprüche gelacht oder zumindest geschmunzelt . . . . und nun? Warum dieser plötzliche Wutanfall? Es war doch nur ein unwilliges Weib, das ihre Geilheit mit einem anderen hatte austoben wollen . . .

Derweil warteten bestimmt lechzend dutzende von willigen, anderen Weibern in den umliegenden Landen. Womöglich würde in benachbarten Burgen so manch adliges Geschöpf gerne an seinen Hof kommen und ihm Kurzweil und Entspannung verschaffen. Warum also dieses Gehabe? Wegen eines Weibes? Da musste mehr hinter stecken! Während der Narr brutal in den Kerker geworfen wurde und man den Kerkermeister holen ließ, zermarterte er sein Hirn, brachte aber keinen klaren Gedanken hervor, er sah keinen Ausweg mehr, denn wer würde ihn hier unten, bei den Ratten und dem

Gestank von Fäkalien, Feuersglut und Tod jetzt noch anhören? Lange würde er seine Zunge nicht mehr haben und müsste zudem dabei zusehen, wie sich das Ungeziefer darüber hermachen würde, wenn er danach überhaupt in der Lage wäre, die Schmerzen auszuhalten und nicht zu verbluten, wie es der Normalfall nach einer solchen Prozedur war.

Er schwor sich: Sollte er diese Pein überstehen, so würde sein weiteres Ansinnen nur noch der Rache dienlich sein. Dann würde er jede Möglichkeit nutzen, dem Herzog Schaden zuzufügen, ja er war sogar in der Lage, den Tod des Adeligen herbeizusehnen, mit eigner Hand zu beschleunigen!

Gnade hatte er nur dadurch erfahren, dass er nach seinem Wiedererwachen von einem arabischen Medicus, der zufällig in der Feste zu Gast war, betreut wurde. Zwei Wochen hatte er mit hohen Fieber in einer Bettstall zugebracht. Seine Schmerzen waren erträglich, jedoch war es ihm unmöglich, den Mund zu öffnen, zu trinken oder etwas zu essen. „Ich kann nicht noch länger hier verweilen", sagte ihm der Mesue, „aber diese Tinktur kann ich dir überlassen. Sie nimmt dir den Schmerz, betäubt deine Sinne und schenkt dir ruhigen Schlaf."

Der Narr war nicht in der Verfassung, darüber Freude zu zeigen, denn er hatte mit einem Finger vorsichtig nach seiner Zunge getastet und nur noch einen stark geschwollenen Teil des fleischigen Organs im hinteren Gaumen finden können.

„Die Schwellung ist schon zurückgegangen, denn sonst könntest du nicht schon wieder ruhig atmen. Hier steht eine Flasche, aus der du die Flüssigkeit vorsichtig trinken musst. Warte ich zeig dir, wie du das am besten machst!" Der Medicus hob seinen Oberkörper an und setzte den Behälter seitlich an seinen Mundwinkel. Er spürte, wie das kalte Getränk durch seine Kehle lief. „Du wirst abmagern, aber weiterleben!"

Flax nickte und fasste sich an den Hals. Es war ein seltsames Gefühl, sich nicht mehr äußern zu können.

Natürlich hatte er beim ersten Erwachen versucht, etwas zu sagen, aber außer einem unverständlichen Krächzen war nichts aus seinem Hals gekommen. Da er des Schreibens mächtig war, nahm er eine Tontafel und einen Griffel. Das kratzende Geräusch bescherte ihm eine Gänsehaut. Als er die Tafel umdrehte und dem Mesue zeigte, war der davon bewegt und drückte seine rechte Hand an sein Herz: „Allah beschütze dich!" sagte er und zog sich zurück. Er hatte nicht gefragt, wieso der Schalk seine Zunge verloren hatte, denn der Araber wusste natürlich sofort, dass es eine arge Bestrafung für ein, dem Adel angetanes Verbrechen gewesen sein musste.

Zwei weitere Monde vergingen und er nahm nun fast täglich einen großen Schluck der wohltuenden Tinktur, die ihm ein so leichtes, schwebendes Gefühl der Freiheit gab. Es war ihm, als hätte er zuviel vom Rebensaft gekostet und doch waren da seine klaren Gedanken. Er konnte besser denken, verspürte keinen Schmerz und dachte darüber nach, wie er sich bei dem Herrscher rächen könnte.

In dieser Nacht schlich sich der stumme Flax an den Wachen vorbei in die Gemächer seines Herrn. Er zog die Tücher auseinander, die um seine Bettstall zugezogen waren.

Da lag er ruhig, mit geschlossenen Augen und sein altes Gesicht wirkte im Schein der Öllampen noch gespenstischer. Ohne zu Zögern nahm er seinen spitzen Dolch und stach durch die dünne Decke in den schwammigen Körper des fetten, gehassten Herzogs. „Das ist für die Schmach, ohne Stimme leben zu müssen!" dachte er dabei. Er drehte die Klinge mit Wucht in dessen Leib und riss sie wieder an sich, bevor er sie flugs unter seinem Umhang verbarg und schnell wieder unerkannt zurück in den Hof schlich.

Jan, der Troubadour hatte seine Mönchskutte übergeworfen und war mit Catherin, die ihr Gesicht unter einem dicken Tuch verbarg noch einmal in die unbewachten Gemächer des Herzog eingedrungen, um den seit zwei Tagen bettlägerigen Herrn noch einmal sehen zu können. Jan ahnte da noch nicht, dass sie vorhatte, den ungeliebten Adeligen zu töten. Erst als sie vor der Bettstall stand während er an der Tür horchte, bemerkte er die plötzliche, grimmige Veränderung seiner Geliebten.

Mit zusammengekniffenen Augen und einem entschlossenen, wütenden Gesichtsausdruck, nahm eine zusammengefaltete Decke und drückte sie dem Liegenden kräftig und sehr lange fest auf sein Gesicht. Ein wenig erstaunte sie schon, dass er keinerlei Widerstand leistete.

Ohne bemerkt zu werden, schlichen sie wieder zurück in den Hof und jeder der vermeintlichen Attentäter war erleichtert und fest im Glauben, den Herzog umgebracht zu haben.

In Wirklichkeit hatte keiner von ihnen Schuld auf sich geladen. Doch das konnte natürlich niemand wissen.

Bevor der Adelige von Agnieß das Toxikum bekam, das ihnen die Hexe gegeben hatte, war er an den Folgen seiner Fresssucht schon vor Stunden verstorben. Sein Lebenswandel forderte endlich seinen Tribut, denn es war mit den Jahren immer schlimmer geworden und irgendwann hatte sein praller Leib die üppigen Speisen und den stark vergorenen Gerstensaft einfach nicht mehr verkraftet. In jener Nacht hatte kalter Schweiß seine Laken in der Bettstall völlig durchnässt und das Atmen fiel ihm so schwer, dass er noch nicht einmal mehr die Kraft hatte, den vermeintlich rettenden Strick neben seinem Nachlager zu erreichen. Was hätten seine Pagen denn auch machen sollen, so sie wirklich sein Klingeln mitbekamen? Der Medicus war nicht in der Veste und dem Bader wäre womöglich nur ein Aderlass eingefallen.

So oder so war passiert, was hatte kommen müssen.

Der gleichmäßig pochende Muskel in seiner Brust vermochte es nicht mehr, den lebensspendenden roten Saft durch den aufgedunsenen Körper zu pumpen.

Er hatte schlicht und einfach aufgehört zu schlagen, bevor in den ersten Nachtstunden die erste vermeintliche Täterin sein Gemach betreten hatte.

Auch die weiteren Gestalten, die von Hass getrieben, versuchten den ungeliebten Adligen vom Leben in den Tod zu schicken, waren zu spät gekommen …

Aber das würden sie nie erfahren …

Autor Roman Schmidt: (teilweise auch als E-Book erhältlich)

Die weisse Traumkatze 1. + 2. Teil
ISBN 9783 73473 5301

Die weisse Traumkatze Band 2
ISBN 9783 84480 5970

Roman`s Mittelalter Band 1
ISBN 9783 84480 6144

Roman`s Mittelalter Band 2
ISBN 9783 84480 6205

ZWÖLF MAL ROMAN ... plus X
ISBN 9783 84480 5499

Ron`s Krimis 1 + 2
ISBN 9783 84480 5826

Geheimnisvolles Familienerbe
ISBN 9783 73473 8104

Secreto... Ein mittelalterliches Geheimnis
ISBN 9783 74483 4940

Autor: Ron Mc Gobha (auch als E–Book)

Morde sind nicht einfach
ISBN 9783 84480 6335

Die toten Erben von Glenavon Castle
ISBN 9783 74489 3503

B.o.D. Books on Demand Norderstedt

Bezugsquelle:
Direkt beim Verlag oder allen bekannten Buchhandlungen, sowie auch im Internetversand

Herstellung und Verlag:
BoD - Books on Demand, Norderstedt
ISBN 978-3-7481-8976-3